Amber Auburn

FUCHSROT

ACADEMY OF SHAPESHIFTERS

EPISODE 1

Fantasyserie

Kontakt über:
Mainwunder Agentur für kreative Kommunikation
Heinreich-Heine-Str.13
63303 Dreieich (Kreis Offenbach am Main)

1. Auflage
Lektorat: Marlies Lüer, www.silberworte.de
Coverdesign: Juliane Schneeweiss, www.juliane-schneeweiss.de
Mädchen © shutterstock.com/katielittle
Fuchs © depositphotos.com/andamanec
Grafiken © depositphotos.com/yyanng

Druck: CreateSpace
Amazon Media EU S.à r.l.
5 Rue Plaetis
L-2338 Luxembourg

ISBN-13: 978-1530388677
ISBN-10: 1530388678

Amber Auburn

Fuchsrot - Academy of Shapeshifters

Für Amilea

Willkommen in der Welt der Shapeshifters!

Eigentlich habe ich schon immer gewusst, dass ich nicht normal bin. Nicht verrückt oder krank oder so – nein. Anders eben. Nicht so wie der Rest meiner Klasse. Es liegt nicht daran, dass ich nie Geld hatte, um mir schicke Klamotten zu kaufen. Ich wollte einfach nie mit einer Clique abhängen und wilde Partys feiern. Ich bin lieber allein, mache Spaziergänge durch den Wald hinter dem Haus meiner Tante und sitze stundenlang am Stamm der großen Eiche im Garten, anstatt um die Häuser zu ziehen. Bis zu meinem sechzehnten Geburtstag verlief auch alles recht normal.

Ich ging zur Schule, brachte gute Noten nach Hause und hatte dreimal die Woche Leichtathletik-Training, ab und an einen Wettkampf und las in meiner Freizeit Bücher. Vollkommen normal eben für eine Fünfzehnjährige. Bis auf die Sache mit den Jungs, da hatte sich bisher einfach nichts ergeben, was mir aber nichts ausmachte. Die meisten Typen an meiner Schule waren sowieso beschränkt, dumm wie Brot und rannten den oberflächlichen Barbie-Puppen hinterher, die mit Minirock und Highheels die Flure des Schulgebäudes in einen Laufsteg verwandelten. Wahrscheinlich hofften sie, *Heidi Klum* würde jeden Moment zwischen den Schülern hervorspringen und sie mit ihrer schrillen Stimme zu *Germanys next Topmodel* einladen. Nein, mit diesen Tussies wollte ich nie etwas zu tun haben. Und sie auch nicht mit mir – mal so am Rande. Meine Geschichte beginnt erst so richtig interessant zu werden am Morgen des siebten Aprils – meinem sechzehnten Geburtstag. Tante Rita, meine Lieblingstante (und einzige Tante) machte mir Pfannkuchen mit selbstgemachtem Erdbeermus - mein absolutes Lieblingsessen – und lockte mich mit dem Geruch der zerlaufenen Butter schon vor dem Klingeln des Weckers aus dem Bett. Noch bevor ich irgendetwas anderes machte, kam ich zu ihr in die Küche gerannt und formte einen der süßen Fladen zu einer Rolle, die ich mir sofort in den Mund schob.

»Mmmh!«

»Guten Morgen, Liebes. Hast du gut geschlafen?«, begrüßte mich Tante Rita mit einem Grinsen, das von einem Ohr zum anderen ging.

»Das Aufwachen war besser«, antwortete ich mit vollem Mund und spülte die letzten Bissen mit Erdbeermilch nach, bevor ich mir einen weiteren Pfannkuchen schnappte.

»Ich habe genug gemacht, du kannst eine doppelte Portion mit in die Schule nehmen.« Tante Rita zwinkerte mir zu. »Mit dir kann ich es ja machen. Du bist so dünn und trainierst so fleißig, das wird nicht so ansetzen wie bei mir.« Sie schaute gespielt verzweifelt auf ihre runde Mitte.

»Ich finde, du siehst klasse aus, Tantchen.« Tante Rita sah verlegen drein.

»Frauen können eben doch die besseren Komplimente machen.« Sie zwinkerte mir zu und winkte dann Karl, ihrem Freund, der vor dem Fenster mit Rasenmähen beschäftigt war – um 7 Uhr morgens, die armen Nachbarn.

»Du wirst irgendwann Ärger bekommen, Tantchen, wenn er sich nicht an die Zeiten hält, landen noch faule Eier in deinem Garten.«

»Ach was.« Tante Rita winkte ab und wendete beiläufig den nächsten Pfannkuchen. »Die Mühlheims sind kaum da und die Beckmanns finden immer etwas zu meckern, auch ohne Karl und seine morgendlichen Anflüge.« Sie lächelte mit runden Backen. Der Kaffee rauschte im Hintergrund durch die Maschine und gab sein unverwechselbares Aroma frei.

Ich schob das Erdbeermus, das aus der Rolle gefallen war, mit einem Finger auf die Gabel, während meine Tante unaufhörlich weiterbriet. Schon nach dem fünften Pfannkuchen war ich so gesättigt, dass ich nicht mal mehr den letzten Schluck Milch hinunterbekommen konnte. Schade drum.

»Wie lange hast du heute Schule?«, erkundigte sich Tante Rita, fünf weitere Pfannkuchen mit reichlich Erdbeermus in eine Plastikbox quetschend.

»Nur bis Mittag. Ich komme früh heim.«

»Schön. Dann haben wir ja noch den halben Tag für Spiel und Spaß. Oh entschuldige, ich habe vergessen, dass du nun fast erwachsen bist und keine Lust mehr auf Brettspielabende mit deiner alten Tante hast. Du möchtest sicher lieber mit Freunden feiern. Vielleicht tanzen gehen?«

Ich seufzte und stand vom Tisch auf.

»Nein. Brettspielabend klingt gut.« Ich wollte gerade gehen, da vernahm ich Tante Ritas besorgte Stimme.

»Schatz? Ist alles in Ordnung? Fühlst du dich nicht wohl? Möchtest du lieber zu Hause bleiben?«

Ich überlegte kurz und schüttelte dann den Kopf.

»Nein. Ich gehe in die Schule. Habe nur nachgedacht.«

»Ich stelle dir gerne eine Entschuldigung aus. Du musst nicht in die Schule, wenn du lieber hierbleiben willst und noch mehr Pfannkuchen essen.«

Ich fühlte, wie es in meinen Magen rumorte und versuchte lieber nicht an Pfannkuchen zu denken. Die würden mir sonst wieder hochkommen.

»Es geht mir gut, Tantchen, ich gehe hin. Es sind ja nur ein paar Stunden.«

»Und danach? Was möchtest du machen? Immerhin bist du ab heute sechzehn. Du weißt, was das bedeutet:

Ausgehen bis um elf, Zigaretten rauchen, Horrorfilme gucken und was ihr jungen Leute sonst noch so macht.«

Ich lächelte Tante Rita mit einem Kopfschütteln zu.

»Ich brauche das alles nicht. Ich möchte eigentlich den Tag wie immer verbringen. Mit dir und Karl und ein bisschen spazieren gehen.«

Tante Rita schüttelte den Kopf.

»Du bist so ein gutes Mädchen. Ich verdiene dich nicht.«

»Doch das tust du. Ich bin dann mal oben, muss mich noch fertig machen.« Mit einem Nicken verschwand ich aus der Küche und bereitete mich auf die Schule vor.

Wenn Tante Rita gewusst hätte, wie ungern ich zur Schule ging, hätte sie mich schon längst auf eine andere geschickt. Da es in unserer Stadt nur eine einzige Oberschule gibt, wäre dazu ein Umzug vonnöten. Das konnte ich nicht verantworten. Zumal Tante Rita das Haus von ihren Eltern geerbt hatte und es schon seit drei Generationen in Familienbesitz war - was man ihm auch ansieht. Ich wollte außerdem nicht, dass sie sich um mich sorgte und schon gar nicht auf die Idee kam, mit den Lehrern oder Eltern der Mädchen zu sprechen, die es auf mich abgesehen hatten. Nancy Fischer und ihre Clique von Kleiderständern ließen seit vier Jahren nicht einen Moment aus, in dem sie mich fertigmachen konnten. Angefangen von kleinen Streichen, bis zum Verbreiten von Lügen; wie, ich würde ein Verhältnis mit unserem Sportlehrer Herr Tewes haben und drei Brustwarzen besitzen; bis hin zu körperlicher Gewalt war alles dabei. Ich weiß nicht mehr wann ich aufgehört hatte deswegen nachts zu weinen, doch es musste schon eine ganze Weile her sein. Mittlerweile konnten sie mich kaum noch treffen. Die Spitznamen, die sie mir ständig zuwarfen, zeugten nicht von sehr viel Intelligenz und Einfallsreichtum. Da ich keine wertvollen Dinge besaß, wie Handy oder Tablet, konnten sie mir auch nichts wegnehmen, was ich bedauern könnte. Mit der Zeit müsste es doch selbst ihnen langweilig werden.

Der »Blaue Dampfer«, wie das Schulgebäude von uns allen genannt wurde, weil es an Farbe und Form einem Schiff ähnelte, sorgte trotzdem jeden einzelnen Tag dafür, dass sich in meinem Magen ein Knoten bildete. Auch heute, an meinem Geburtstag, erkannte ich das mulmige Gefühl in meinem Bauch als Zeichen für besondere Vorsicht und sah mich auf dem Weg zum Eingang mehrfach um, da ich es hasste, überrascht zu werden. Ich weiß nicht genau wieso - aber ich schreibe es wohl Nancy und ihrer Clique zu, dass ich in den vergangenen Jahren schreckhaft geworden bin. Mehr noch, ich zucke bei jeder Berührung, jedem plötzlichen Geräusch, zusammen und verspüre öfter den Drang zur Flucht. Ich habe immer ein Auge auf Türen und Fenster, um im Notfall fliehen zu können. Bisher hatte ich es nie für bedenkenswert oder erwähnenswert ge-

genüber meiner Tante gehalten, die für mich Schwester, Mutter und Großmutter in einem war. Doch an diesem Donnerstag kostete es mich eine Menge Überwindung, überhaupt einen Fuß in dieses vollkommen überfüllte Schulgebäude zu setzen. Ich massierte mir die Schläfen auf dem Weg zum Klassenzimmer und versuchte mich zu beruhigen. Doch das Pochen in meinem Schädel und das Adrenalin, das durch meine Adern schoss, sagte mir, dass etwas ganz und gar nicht stimmte.

In der Frühstückspause versuchte ich, mir einen weiteren Pfannkuchen reinzuziehen. Ich kriegte wegen des alarmierenden Gefühls in meinem Bauch aber keinen Bissen runter und schob die Frischhaltebox zurück in meinen Rucksack, den ich sofort wieder aufsetzte, nur um schnell davonrennen zu können.

Mir wurde schwindelig und für einen Moment verschwamm die Umgebung zu einem Wirrwarr aus Farben. »Was ist nur los mit mir?«

Plötzlich drangen mir starke Gerüche in die Nase. Ich konnte riechen, wo Max, mein Sitznachbar, heute Morgen sein Brötchen gekauft hat: Margarine, Salami und Käse, dazu ein dünnes Salatblatt (Sorte: Romanesco). Der Geruch der Bäckersfrau haftete noch an seinen Fingern, genauso wie die Überreste seines letzten Toilettengangs. Ich hielt mir die Nase zu und atmete tief ein und aus. Langsam konnte ich wieder klar sehen und das Schwindeln ließ auch nach. Ich blinzelte mehrfach und nahm vorsichtig die Finger von den Nasenflügeln, prüfte, ob der Geruch immer noch so stark war, und stellte erleichtert fest, dass alles wie immer war.

Dann traf mich etwas am Rücken und ich fuhr erschrocken herum. Ein Papierkügelchen landete in meinem Schoß, die Mädchen in der letzten Reihe grinsten finster. Ich entfaltete das Papier und sah auf eine krakelige Zeichnung, die mich zeigte, wie ich mit meinem Sportlehrer knutschte - nackt. Darüber ein Herz und die Initialen M und F, für Magdalena und Friedrich.

Witzig, echt witzig!

Ich knüllte es wieder zusammen und ließ es in meine Tasche verschwinden, drehte mich nach vorne und tat so, als würde es mir nichts ausmachen. Doch in Wahrheit waren fast all meine Sinne nach hinten gerichtet, auf den Feind, der mich jeden Augenblick wieder attackieren konnte. Vielleicht wurde ich langsam doch verrückt?

Die letzte Stunde begann zum Glück wenig später und ich bekam nur noch ein paar Mal kleine Anfälle, in denen ich plötzlich besser riechen und hören konnte. Ich versuchte sie zu ignorieren, und freute mich, als die Stunde endlich beendet war und ich den Weg nach Hause einschlagen konnte.

Unsere Kleinstadt war nicht besonders interessant. Mein Schulweg führte mich auf geradem Weg durch die Innenstadt, vorbei an kleinen Geschäften, Cafés,

Restaurants und einer Tankstelle. Auf direktem Weg brauchte ich nie länger als fünfzehn Minuten von der Schule bis nach Hause. Oftmals zog ich dennoch den Umweg über die Landstraße vor, die am Rande der Stadt lag und zu den Feldern und Wäldern der Umgebung führte. Sie war kaum befahren, nur zur Saat und Ernte traf man auf Traktoren und Pflugmaschinen. Ansonsten verirrte sich mal der ein oder andere Hundebesitzer für einen Spaziergang dorthin. Die meiste Zeit aber war ich allein auf weiter Flur und konnte den Geräuschen der Tiere lauschen, den an meiner Kleidung rüttelnden Wind genießen und in die Ferne sehen, in der man keine Häuser, sondern unberührte Landschaft sah. Ein Traum für jeden Naturliebhaber.

Doch auch jetzt, wo ich alleine den Feldweg entlang marschierte, fühlte ich mich verfolgt, geradezu gejagt. Mein Puls war jenseits von Gut und Böse und meine Augen schnellten umher. Ich konnte das Rauschen des Bluts in meinen Ohren hören, fühlte den Drang zu rennen, als wäre es das einzig Richtige und bemerkte, wie meine Beine automatisch schneller liefen. Ich sah über die Schulter und erkannte in weiter Ferne die Umrisse eines dunklen Autos. Die Hände in die Jackentaschen gesteckt, beschleunigte ich meine Schritte, den Blick auf den Wald gerichtet, der in gut hundert Metern Entfernung begann.

Entspann dich, Lena, es ist nur ein Auto, daran ist nichts ungewöhnlich, sagte ich mir in Gedanken und konnte doch nicht anders als schneller zu laufen. Die

Geräusche wurden schlagartig lauter und ich glaubte schon, das Auto würde gleich an mir vorbeiziehen. Bei einem Blick über die Schulter stellte ich fest, dass es immer noch weit entfernt war. Doch ich konnte es sehr deutlich hören; das Heulen des Windes, der über das Gefährt hinwegfegte; die Reifen, wie sie auf dem Sand-Stein-Gemisch nach Halt suchten und das Brüllen des Motors. Es kam schnell näher. Der Fahrer musste beschleunigt haben. Ich war mittlerweile in einen Trab übergegangen und heftete den Blick auf den Waldanfang. Die Motorengeräusche des Autos taten mir in den Ohren weh, es schmerzte richtig. Ich wollte weg. Einfach weg. Doch ich zwang mich dazu, kein Aufsehen zu machen und drosselte die Schritte, ging wieder über in ein normales Gehen, als das Auto an mir vorbeizog und kurz darauf anhielt. Ich hatte es von weitem nicht sehen können, doch jetzt, wo die Türen aufgingen und ihre Haare zum Vorschein kamen, erkannte ich meinen Fehler. Nancy und ihre drei Anhängerinnen stiegen aus dem Wagen und blockierten den Weg.

»Na na, wohin so eilig?!« Nancy schnalzte mit der Zunge und kam hüftschwingend auf mich zu. Ich hätte über ihren staksigen Gang, mit den Highheels auf Sand, gerne gelacht, wenn ich nicht mit dem Gefühl zu kämpfen hätte, das sich mittlerweile auf meinen gesamten Körper ausbreitete. Ich fühlte mich unbehaglich. Der Drang zu flüchten war stärker als je zuvor. »Was ist los, Pickelgesicht? Hast du Angst vor uns?«

Pickelgesicht war eine der Beleidigungen, die sie für

mich gebrauchten, eigentlich hackten sie auf allem herum, was meine Optik betraf: meine Haare, die Sommersprossen, die Brille, ja sogar meine Nase.

»Nein«, antwortete ich knapp und rückte das Brillengestell zurecht. Meine Finger zitterten dabei und ich hoffte, dass Nancy das nicht bemerken würde. Ich hatte mehr Angst, als ich mir eingestehen wollte.

»Guckt nur, wie sie zittert. Armes, armes Mädchen.« Nancy zog einen Flunsch und rieb sich spöttisch die Augen. »Ich bin die arme Magdalena und ich habe keine Freunde. Meine fette Tante kauft bei *KIK* ein. Bemitleidet mich. Buhu.«

»Lasst mich in Ruhe«, sagte ich und umrundete sie, ging einfach weiter.

»Nicht so schnell!« Nancy packte meine Schulter und riss mich herum.

»Ja, zeig ihr, wer der Boss ist!« Franzi, die einzige in der Gruppe, die nicht in den Schminkkasten gefallen war, feuerte Nancy an. Diese fühlte sich davon sofort bestärkt und sah mich an, als wäre ich ein Stück gebrauchtes Klopapier.

»Wir haben dich viel zu lange geschont. Die Lehrer hatten ein Auge auf dich. Doch hier ist niemand, der dir helfen kann.«

Das Adrenalin peitschte durch meine Venen, ich atmete schnell, etwas zu schnell, denn in Nancys Gesicht zeichnete sich Genugtuung ab.

»Mädels, sie macht sich schon jetzt in die Hose. Dabei hab ich noch gar nicht angefangen.« Ein schrilles Lachen folgte.

»Ich … habe keine Angst«, betonte ich und versuchte so gelassen wie möglich zu klingen. Doch mein Körper arbeitete gegen mich. Nancy packte mich am Kragen und spuckte mir dann ins Gesicht, direkt auf meine Brille.

»Wenn du stillhältst, ist es gleich vorbei. Schrei und es dauert ewig«, knurrte sie.

In ihren Augen lag so viel Hass, dass ich zu weinen begann. Wie konnte sie mich hassen? Sie kannte mich doch nicht einmal?

»Also … wirst du schreien?«

Ich schüttelte den Kopf und blinzelte wild. Panik breitete sich in meinem ganzen Körper aus. Ich hatte nur noch einen einzigen Gedanken: Flucht.

In einer schnellen Bewegung entwand ich mich ihrem Griff und rannte los - flink und zielstrebig auf den Wald zu. Die Mädchen lachten schrill und riefen mir eine ganze Ladung Beleidigungen hinterher. Ich vernahm das Knallen der Türen und das Aufheulen des Motors und sah hastig über die Schulter.

»Ja, lauf nur, lauf! Wir kriegen dich sowieso!«, brüllte Nancy, trat aufs Gaspedal. Ich bekam erst in diesem Augenblick mit, dass ich tatsächlich rannte. Meine Füße flogen über den Sandweg und wirbelten eine Menge Staub auf, doch lange nicht so viel wie Nancys Wagen, der dicht hinter mir her war und aus dessen

Fenster die Köpfe der Mitfahrerinnen hingen, grölend und lachend.

Meine Beine überschlugen sich fast, als ich noch einen Tick schneller lief, doch erstaunlicherweise war es gar nicht anstrengend. Meine Lungen fühlten sich frei an, meine Beine leicht. Ich lief so schnell wie noch nie zuvor. Der Wind peitschte mir ins Gesicht, als ich den Blick auf einen einzigen Punkt in weiter Ferne richtete, einem Sonnenstrahl, der zwischen den Stämmen der Bäume herausguckte, galt meine volle Aufmerksamkeit.

Mein Körper war in Höchstform, ein weiteres Mal beschleunigte ich und hatte dabei keine Kontrolle mehr über meine Beine und Arme. Plötzlich veränderte sich meine Sicht und ich sah alles deutlich schärfer und weiträumiger, tausende Gerüche und Geräusche stürzten auf mich ein, während meine Knochen brachen. Mein Rücken krümmte sich, aus meiner Kehle entfloh ein verzweifelter Schrei und meine Fingernägel wuchsen. Unter einem Tränenschleier sah ich mit an, wie sich die Haut meiner Hände verfärbte und seltsame dunkle Flecken bekam. Mein Steißbein stieß durch meinen Rücken und ich stürzte nach vorne. Wenig elegant landete ich auf meinen Händen und lief weiter – schneller, immer schneller. Der Wind hatte sich gedreht und jagte mit mir den Feldweg entlang, fort vom Auto, fort von der Stadt und all den Menschen, hinein in den Wald, wo ich mich sicher fühlte.

»Lena?« Eine mir bekannte Stimme drang in mein Bewusstsein. »Lena, kannst du mich hören?«

Meine Augen waren geschlossen, doch meine Sinne erwachten zu neuem Leben. Wieso roch es nach frisch gemähtem Gras?

»Lena?« Ich öffnete ein Auge und sah im Gegenlicht die Umrisse eines Mannes, direkt über mir.

»Karl? Was machst du in meinem Zimmer?«

»Ich danke Gott, du bist wach.« Er half mir hoch.

Erst jetzt bemerkte ich, dass ich nicht bei Tante Rita im Haus war, sondern im Wald. War ich beim Spazierengehen eingenickt?

»Wie fühlst du dich? Hast du Schmerzen?«

»Ich … denke nicht.« Seine starken Arme griffen unter meine Achseln, zogen mich in die Senkrechte. Mein Kreislauf brauchte einen Moment um hinterherzukommen. Nicht nur in meinem Kopf drehte sich alles. Auch die Umgebung schien noch immer zu verschwimmen.

Der dunkle Erdboden dehnte und streckte sich zu allen Seiten. Mal konnte ich Karl scharf sehen, dann wieder bestand sein Gesicht nur aus einem gruseligen Gemisch aus Brauntönen.

»Mein Schädel dröhnt«, erklärte ich und fasste mir an die pochende Stirn. Karls Gesicht verzerrte sich zu einer Kreatur aus einem Horrorfilm. »Ich … sehe alles irgendwie unscharf.«

Er nahm mir die Brille ab und schlagartig konnte ich besser sehen. Ich erkannte ihn wieder. Er war es wirklich. Sein ungepflegter Bart, die knubbelige Nase, aus der drei Haare heraushingen in dem furchigen Arbeitergesicht, waren unverkennbar. Er sah besorgt aus.

»Was ist denn passiert?«, fragte ich und war überrascht darüber, wie hell und klar meine Stimme klang. Hatte ich mich schon immer so angehört? Oder hatte sich ein Schmalzbrocken in meinen Ohren gelöst und den Gehörgang freigelegt?

»Komm, wir gehen nach Hause.«

»O-kay.«

Der Weg zurück zum Haus kam mir ewig lang vor. Karl roch nach Schweiß, nach kaltem Kaffee und muffigen Bettbezügen. Ich versuchte, die Details zu ignorieren und mich auf das Laufen zu konzentrieren, doch das Gefühl, dass ich mich nicht in meinem Körper befand, war so stark, dass es meine Gedankenwelt beherrschte. Alles veränderte sich und ich hatte keine Ahnung warum.

»Sie ist ja ganz blass um die Nase. Karl, leg sie auf die Couch, ich mache einen Tee. Oder möchtest du etwas anderes haben, Liebes?«

»Erdbeermilch«, war meine Antwort und ich hoffte, dass mir der Geschmack vertraut vorkommen würde. Denn im Moment war alles fremd, selbst Tante Rita und das Haus, in dem ich die letzten zehn Jahre verbracht hatte. Alles roch anders: intensiver, ekelerregender.

»Hier, meine Kleine.«

Ich nahm das Glas mit der pinkfarbenen Flüssigkeit entgegen und hob es an die Lippen. Alleine der Geruch nach süßen Beeren ließ mir das Wasser im Mund zusammenlaufen. Ich probierte einen Schluck und war erstaunt darüber, wie viel besser es schmeckte. Genauso wie Erdbeermilch, nur noch viel stärker und süßer!

»Alles ist gut. Ich bin zu Hause«, murmelte ich und stürzte den gesamten Inhalt des Glases herunter.

Tante Rita und Karl sahen mich trotzdem besorgt an. Ich glaubte sogar, Furcht in ihren Augen zu lesen. Ein einziger Blick an mir herab verriet auch warum. Meine Kleidung war zerfetzt, die Jeanshose an vielen Ecken aufgeschlitzt, der Pullover hatte faustgroße Löcher und überall hafteten Erde und Fellbüschel. Ich bekam es selbst mit der Angst zu tun und pellte mich hastig aus dem Pullover.

»Was ist das? Was ist passiert?« Ich drehte den vollkommen zerstörten Hoodie in den Händen. Das war es dann wohl mit meinem Lieblingspullover. »Ich … war doch nur spazieren … oder?«

»Liebes, bitte beruhige dich. Es gibt dafür eine Erklärung«, sagte Tante Rita. In ihrer Stimme schwang Beunruhigung mit.

»Eine Erklärung? Ich … ich erinnere mich nicht mehr … Warte doch … da … ist was … aber …« Ich knetete meine Stirn. »Aber das … kann nicht sein.«

Ungläubig schüttelte ich den Kopf. Die Bilder, die vor meinem geistigen Auge erschienen, konnten nicht der Wahrheit entsprechen.

»Es ist alles gut, Lena, du bist zu Hause, hier kann dir nichts passieren.« Tante Rita ließ sich neben mir auf der Couch nieder.

Ich sank zu ihr herüber und ließ mich in eine tröstende Umarmung fallen. Es tat gut zu wissen, dass sie da war. Trotzdem fühlte ich mich furchtbar.

»Das stimmt nicht ganz«, warf Karl ein und sah aus dem Fenster in den Garten. Offenbar suchte er irgendetwas.

»Karl, bitte«, ermahnte Tante Rita ihn und drückte mich noch fester an sich. Karl zog die faltige Stirn kraus und ließ die Vorhänge das Fenster verdunkeln.

»Es hat keinen Sinn, ihr länger die heile Welt vorzuspielen«, sagte er nach einer langen Pause.

»Karl!«

»Nein. Ich werde nicht mehr schweigen. Sie ist nun in dem Alter. Es wird nicht mehr lange dauern und sie werden sie finden.«

Mir rutschte das Herz in die Hose. Wovon redete er da? Wer wollte mich finden? Und was hatte das mit meinem Alter zu tun?

»Hätte das nicht bis morgen Zeit gehabt?« In Tante Ritas Stimme schwang Unsicherheit mit, wo sonst Wärme geherrscht hatte. Sie war nervös. Sie fürchtete sich, ich konnte es riechen.

»Wer wird kommen und wieso?«, fragte ich, mit meiner neuen Stimmfarbe, die mir gut gefiel. Ich klang erwachsen.

»Männer, die dich mitnehmen werden und wir können nichts dagegen tun. Es sei denn, wir sind schneller und bringen dich in Sicherheit.«

»Sicherheit? Wohin wollt ihr mich bringen?«

Tante Rita und Karl tauschten Blicke aus, ehe sich meine Lieblingstante wieder mir zuwandte.

»Liebes, du musst jetzt stark sein, hörst du? Sehr stark. Ich weiß, dass du das sein kannst - dass du es bist. Mein großes Mädchen.«

Ich verstand nur Bahnhof. Diese Geheimniskrämerei machte mich wütend. Worum ging es hier, verdammt nochmal?!

»Ich will es wissen. Jetzt. Was ist mit mir los?«, hörte ich mich sagen, in wohlklingendem Mezzosopran.

»Du bist ein Wandler, Magdalena. Du trägst das Blut eines Tieres in dir«, erklärte Karl.

Ich weiß nicht mehr, wie lange mir der Mund offen stand und ich versuchte zu begreifen, was seine Worte zu bedeuten hatten. Eine Weile, denke ich. Zumindest so lange, bis meine Tante meinen Unterkiefer mit dem Zeigefinger hochschob.

»Ich bin eine … was?«

»Eine Wandlerin. Du kannst die Gestalt eines Tieres annehmen. Genau das ist dir heute passiert.«

Erinnerungsfetzen tauchten in meinem Kopf auf, lösten ein Unbehagen aus.

»Ein Tier? Ich soll mich in ein Tier verwandeln können?«

»Nicht nur das.« Karl sah auf einmal gar nicht mehr aus wie der ältere schrullige Herr, der tagelang im Unkraut wühlen konnte ohne Essen und Schlaf. Der freundliche, warme Glanz hatte seine Augen verlassen. Sie waren nun kalt, fokussiert und ernst.

»Du wirst zu diesem Tier, mit jedem Gefühlsausbruch, jeder Regung in deinem Inneren wirst du es mehr. Jeden Tag, jede Stunde, jede Sekunde. Es ist nicht aufzuhalten.«

Ich sah auf meine Hände und erinnerte mich plötzlich daran, wie ich Krallen bekommen hatte und dunkle Haut. Ich war schnell gelaufen, sehr schnell.

»Ich werde also zu einem Tier …«, wiederholte ich. Eigentlich empfand ich diesen Gedanken als gar nicht so schlimm. Ich mochte Tiere und das Leben nahe der Natur. Es wäre schön, allein zu sein, im Wald leben zu können. Ohne die Stadt und die Menschen, die mich anstarrten. »Was ist so schlimm daran?«

»Du verlierst deine Menschlichkeit, wenn du nicht aufpasst. Mehr noch. Du wirst zu einer Waffe für die falschen Menschen.«

»Eine Waffe?«

Karl nickte und sah sich erneut um, als fürchte er, jemand würde heimlich zuhören. »Du bist in Gefahr, nun da es begonnen hat. Sie werden dich finden; sie werden dich jagen und wenn sie dich haben, werden sie dich zwingen, für sie zu kämpfen.«

»Wer? Warum?«

»Karl, ist es nicht genug? Das Mädchen zittert schon.« Ich hatte es gar nicht mitbekommen. Doch Tante Rita behielt Recht; ich zitterte, vor Angst, vor Aufregung, vor Ungewissheit.

»Eines noch. Egal was du von uns denkst. Lass nicht zu, dass sie dich kriegen. Niemals. Wenn sie dich haben, ist es vorbei.«

»Wer? Woran erkenne ich ... *sie*?«

»Das kann ich dir nicht sagen.«

»Was?« Augenblicklich wich mir jegliches Blut aus dem Kopf. Erst erzählte Karl Horrorgeschichten über fremde Menschen, die mich fangen wollten und dann wusste er nicht mal, wie sie aussahen?

»Sie sind unter den Menschen, jeder könnte es sein. Du kannst niemandem trauen. Du wirst die Schule, deine Lehrer und Mitschüler nie wiedersehen können.«

Ich schüttelte verzweifelt den Kopf. »Wieso nicht? Was hast du vor mit mir?!«

Tante Rita drückte mich fest an sich und rieb ihre Wange an meinem Kopf.

»Sei stark, Liebes, du musst jetzt sehr stark sein.«

»Ich habe sie schon verständigt. Sie werden jede Minute hier sein«, prophezeite Karl und brachte damit offenbar auch Tante Rita aus dem Konzept.

»Du hast schon … wie konntest du?«

Die Welt um mich herum begann zu verblassen. Tränen stiegen in meine Augen wie der Wasserpegel in einer Schleuse.

»Karl, ich bin nicht einverstanden. Wir hatten darüber gesprochen. Ich wollte einen Tag, vierundzwanzig Stunden, nicht mehr. Warum hältst du dich nicht an unsere Abmachung?«, fuhr Tante Rita ihn an, doch es interessierte mich nicht mehr, dass sie für mich einstand. Ich sah ins Leere, hörte das Rauschen meines Blutes in den Ohren, entfernte mich klanglich aus dem Zimmer, glitt durch ein Fenster nach draußen und vernahm Motorengeräusche.

»Ein Auto nähert sich dem Haus«, offenbarte ich mit monotoner Stimme und erhielt dafür bewundernde Blicke von Karl. Meine Tante zerquetschte mich dagegen fast.

»Halte sie auf, Karl!« Tante Rita klang hysterisch. »Liebes, meine Kleine, mein Ein und Alles.« Panisch küsste sie meinen Scheitel, während ich immer noch wie ein Zombie dasaß und ins Leere starrte. Karl sprach an der Tür mit einem Mann in einer Sprache, die ich nicht verstand. Er schien zu verhandeln, denn die Männer wurden lauter. Ich klammerte mich geistesgegenwärtig an meine Tante, als fünf Männer in schwarzer Kleidung das Wohnzimmer betraten und sich agentenmäßig einen Überblick über Fenster und Türen verschafften, als würden sie fürchten, jeden Moment in eine Schießerei zu geraten.

»Ich weiß, ich hätte dich darauf vorbereiten sollen, meine Liebste, meine Süße, Lena.« Tante Rita weinte. »Aber ich wollte dir deine Jugend nicht nehmen. Ich hoffe, du kannst mir eines Tages verzeihen, dass ich dir nicht früher davon erzählt habe.«

Ich konnte nicht antworten. Ich wollte auch nicht. Das Gesicht halb zwischen ihre großen weichen Brüste gesteckt, weinte ich stumm eine Träne nach der nächsten, während ich mitanhörte, wie die Männer nach oben in mein Zimmer gingen, meinen Kleiderschrank aufrissen, Klamotten herausschmissen und einen Abstecher ins Bad machten. Sie kamen mit einem dicken Sack auf den Schultern zurück und übergaben ihn einem sehr großen Mann mit einem Rücken, breiter als Tante Ritas, Karls und meiner zusammen. Die mattschwarze, wasserabweisende Uniform legte sich über seinen hügeligen Oberkörper wie eine zweite Haut.

Der Begriff Stiernacken passte perfekt zu dem Muskelhaufen, der seinen Kopf hielt. Er trug eine breite Sonnenbrille, genauso wie all die anderen, was den Agentenlook noch verstärkte.

Karl ging an den Kühlschrank, fischte ein großes Glas Erdbeermilch heraus und überreichte es den Männern mit einem Kommentar, der sich in meinen Ohren anhörte wie: »Hier, damit sie uns nicht vergisst.« Dann verschwanden alle Männer, bis auf den größten. Seine Stiefel ließen das alte Holz bei jedem Schritt knarzen. Er musste hundertfünfzig Kilo schwer sein, mit all den Muskeln. Ich hatte aufgehört zu weinen und ignorierte meine Tante, die winselnd meine Haare mit ihren Tränen benetzte und hundertfach um Entschuldigung bat. Der Mann streckte den Arm aus, hielt mir seine große prankenartige Hand hin und nickte. Ich weiß nicht mehr genau, woran es gelegen hat, dass ich plötzlich ganz ruhig war. Ob es seine Statur war oder seine Präsenz. Doch ich fühlte schlagartig keine Angst mehr, legte meine Hand in seine und ließ mich von Tante Rita wegziehen, die gleich darauf in eine Heularie verfiel. Ihr klägliches Weinen wurde immer lauter, je mehr ich mich von ihr entfernte.

So wie ich das Ganze verstanden hatte, gab es keine Wahl für mich. Ich musste gehen, um denjenigen zu entkommen, die mich fangen wollten. Ich konnte nicht hierbleiben. Ich musste fort, daran führte kein Weg vorbei.

Mit einem Blick, hoch in das Gesicht des Fremden, fühlte ich so etwas wie Erleichterung. Er war stark und energisch und doch hatte er meine Hand ganz sanft umschlossen, als wäre ich ein äußerst kostbarer Edelstein. Wer auch immer er war, woher auch immer er kam: Er war der Einzige, der mir helfen konnte.

Ich ließ mich ein letztes Mal von meiner Lieblingstante in eine feste Umarmung zerren, beteuerte ihr, dass ich es schon schaffen würde und sie bald eine Postkarte von mir erhielt, drückte Karl und hörte mir seine Warnungen an, bevor ich mit dem großen Mann nach draußen ins Sonnenlicht trat.

Die Sonne meinte es gut an diesem eigentlich düsteren Tag im Mai und kämpfte sich durch die dichten Wolkenberge am grauen Himmel zu mir hinab. Ein letztes Mal sah ich zurück zu dem Haus, in dem ich meine gesamte Kindheit und Jugend verbracht hatte und versuchte, mir das Bild einzuprägen, das ich nie wieder sehen würde.

Zeit meines Lebens hatte ich unser Heimatstädtchen nie wirklich verlassen. Hier und da mal eine Klassenfahrt oder ein Sommercamp in der nahen Umgebung. Alles in einem Rahmen von hundert Kilometern. Andere Länder kannte ich nur von Karten aus dem Erdkundeunterricht und selbst da bekam man nur einen kleinen Vorgeschmack von dem, was es außerhalb von Deutschland wirklich gab.

Auf unserer zwei Tage andauernden Reise, quer durch Europa, erkannte ich, dass keine Erzählungen und keine Bilder dieser Welt der Realität auch nur im Ansatz gerecht werden konnten. Die schwarz gekleideten Männer schienen ein direktes Ziel vor Augen zu haben, denn sie wirkten eingespielt und brauchten mit Fahrern und Piloten nicht zu verhandeln. Alles verlief reibungslos, von der Autofahrt zum nächsten Bahnhof, der Zugfahrt nach Frankfurt, dem Einsteigen in ein kleines Privatflugzeug und dem anschließenden Flug nach Sofia, dem einzigen Wort, das ich verstehen konnte. Von dort aus ging es mit einem Jeep weiter, der Tag und Nacht durch die unberührten Landschaften Bulgariens bretterte.

Ich hatte keine Ahnung, was unser Ziel war, vermied es auch tunlichst Fragen zu stellen. Jetzt, so weit weg von daheim, fühlte ich mich deutlich unsicherer, als ich es noch bei unserer Abfahrt gewesen war. Mehr noch – die Angst war zurückgekehrt. Angst, die falsche Entscheidung getroffen zu haben und Tante Rita nie wiedersehen zu können. Angst, vor dem Ungewissen und dem Ende der Reise und dem, was dort auf mich warten würde. Wie hatte ich mich nur so schnell von einem fremden Mann überzeugen lassen? Ich war doch sonst nicht so vertrauensselig und beobachtete lieber, anstatt zu handeln. Wie hatte er es geschafft – ein Wildfremder?

Man hatte mir den Fensterplatz hinter dem Fahrer angeboten. Vor, neben und hinter mir saßen die restlichen Männer und blickten aus den getönten Scheiben nach draußen, so wie ich, die meiste Zeit der Fahrt. In der Nacht schaffte ich es sogar, kurzzeitig zu schlafen. Obwohl das unter den Fahrbedingungen recht schwierig war. Wir hatten längst das Flachland hinter uns gelassen und folgten verwinkelten Straßen durch Wälder, Täler und Bergketten hinauf ins Gebirge. Ich musste mehrfach schlucken, um den Höhenunterschied auszugleichen und wäre meinem Sitznachbarn beinahe um den Hals gefallen, als er ein paar belegte Brote und die Erdbeermilch hervorkramte und herüberreichte.

Bald schon verließen wir die Zivilisation – in Form von Kleinstädten und Dörfern - und waren alleine auf den Straßen, die immer unebener wurden. Geteerte Straßen gab es schon lange nicht mehr. Sand und Kies waren an der Tagesordnung. Als wir von einer dieser Straßen einfach in den Wald abbogen und durch dichtes Unterholz rumpelten, hörte ich auf, darüber nachzudenken, wo auf der Weltkarte ich mich befinden mochte. Es war egal. Hier würde mich nie wieder jemand finden, geschweige denn schreien hören.

»Wir sind da, Mädchen.« Ich riss überrascht die Augen auf. Der große Mann, der den größten Teil der Reise gefahren war, sprach meine Sprache. Er beugte sich über den Fahrersitz zu mir nach hinten.

»Ich, äh … hi«, sagte ich und versuchte es mit einem Händedruck zur Begrüßung. Als ich erkannte, dass das Blödsinn war, zog ich rasch die Hand zurück. »Ihr könnt mich verstehen?«

»Natürlich, wir alle können das.« Er deutete auf den Rest der Männer.

»Dann könnt ihr mir ja auch sagen, wo wir hier sind.«

»Aussteigen«, wies er uns an und die Männer öffneten sofort die Türen des Jeeps.

Ich zögerte noch. Durch die getönten Scheiben konnte ich nichts als Wald erkennen. Sie mussten doch etwas Schreckliches mit mir vorhaben.

»Wo sind wir?«, wendete ich mich zaghaft an meinen Sitznachbarn, der schon die Tür aufgerissen hatte und einen Fuß nach draußen setzte.

»In Sicherheit« war seine Antwort, die mir natürlich nicht weiterhalf.

»Du wirst alles erfahren«, meldete sich der Mann hinter mir zu Wort, der darauf wartete, dass ich endlich ausstieg. Denn ich blockierte noch immer den Sitz.

Durch die Glasscheibe beobachtete ich die Männer. Sie sahen sich um, schulterten mein Gepäck und wiesen in alle Himmelsrichtungen. Unter Kidnapping verstand ich etwas anderes.

All meinen Mut zusammennehmend, öffnete ich die Tür und rutschte vom Sitz ins Freie. Die frische, herbe Waldluft drang sofort in meine Lungen und sorgte dafür, dass ich mich ein wenig entspannen konnte. Ich liebte schon immer den Geruch von Moos, Torf und nassem Geäst. In diesem Stück des Waldes musste es vor kurzem geregnet haben, denn in der Luft hing noch immer die milde Feuchtigkeit. Ich gesellte mich zu vier der Männer, die sich bereits wieder in Bewegung setzten und in einer Reihe einem unsichtbaren Pfad folgten. Hinter mir erklangen Motorengeräusche. Offenbar brachte der fünfte Mann den Wagen weg – wohin auch immer.

Ich sah mich im Laufen mehrfach um, versuchte, irgendeinen Fixpunkt zu finden, an dem ich mich orientieren konnte, doch außer Bäumen und Sträuchern gab es nichts in diesem Wald. Keinen abgesägten Stumpf, keine Lichtung, keine Markierung an einem Baum oder Ansatz eines Waldwegs. Wir befanden uns in vollkommener Natur. Ehrfürchtig stieg ich über den Waldboden. Ich wollte nichts zerstören, weder das Muster der herabgefallenen Äste, noch den Teppich aus giftgrünem Moos, der sich wie ein Gemälde über den Boden erstreckte.

Während der Wanderung durch den Wald sprach niemand ein Wort. Mir brannten zwar unzählige Fragen auf der Zunge, doch die konnte ich auch noch später stellen. Viel zu sehr genoss ich, nach den Anstrengungen der Reise, das Gefühl zu Hause zu sein. Wir machten nur einmal kurz Rast, um etwas zu essen, dann ging es auch schon weiter. Erst am Abend, als die Sonne ihre letzten Strahlen über das Land schickte, kamen wir am Zielort an.

Ich war während der Wanderung so sehr in Gedanken gewesen, dass ich die ersten Anzeichen für Zivilisation übersehen haben musste. Denn plötzlich sah ich an unserem Führer – dem Mann mit dem Stiernacken – vorbei auf eine Lichtung, umringt von ein paar Hütten.

Ein Dorf, mitten im Wald? Wie cool!

Inmitten der Lichtung saßen ein paar Gestalten um ein kleines Feuer herum und hielten Stöcker über die

Flammen. Sobald wir von dem ersten entdeckt wurden, drehten sich auch alle anderen um und verfolgten stumm unsere Ankunft. Ich hatte mich im Wald sehr wohl gefühlt, heimisch und frei, doch jetzt, unter den Blicken mir wildfremder Menschen, fühlte ich mich unbehaglich.

Der große Mann blieb plötzlich stehen und zog mich an seine Seite. Er begrüßte die Menschen mit einem mir unbekannten Ruf und nannte mehrfach meinen Namen. Ich hingegen klemmte unter einem starken Arm an seiner Seite, fühlte, wie die Furcht erneut meinen Körper einnahm und mit ihr steigerte sich mein Gehör und Geruchssinn. Karl hatte Recht gehabt, diese komischen Veränderungen passierten immer dann, wenn ich mich nicht wohl fühlte.

»Möchtest du dich vorstellen, Magdalena?«, fragte eine tiefe, rauchige Stimme.

»Ich kann nicht …«, murmelte ich zu dem Mann hinauf und hoffte, dass er mich endlich den Blicken der vielen Menschen entziehen würde.

»Kein Grund schüchtern zu sein. Das ist von heute an deine Familie.« Im Zwielicht konnte ich nur schattige Gesichter erkennen, finstere, bösartige Fremde.

»Nein. Ich … will hier weg.« Kopfschüttelnd entwand ich mich seinem festen Griff und stolperte rückwärts. Mein einziger Gedanke war: Flucht!

Doch die anderen Männer drängten mich zurück, blockierten den Hinweg und trieben mich zurück auf die Lichtung. Ich sah panisch zwischen ihnen und den

Menschen nahe dem Feuer hin und her. Das war es dann also. Die Jäger hatten mich gefunden und würden mich fangen. Was hatte Karl noch gleich gesagt? Ach ja richtig: »Lass dich niemals und unter keinen Umständen fangen.«

Mein Herz donnerte gegen meinen Brustkorb. Mein Atemrhythmus hatte sich verdoppelt.

Es war so weit. Schon wieder.

Ich zog mich mit abwehrenden Händen in die letzte mir gebliebene Richtung zurück.

Gleich. Gleich würde es passieren.

Ich hyperventilierte, die Angst saß mir im Nacken, ich war kurz vor einem Herzinfarkt. Ich konnte fühlen, wie die Wandlung geschah. Mit einem Satz sprang ich nach hinten, drehte auf dem Fuß um und prallte gegen etwas, strauchelte und landete in starken Armen, die mich vor dem Sturz bewahrten.

»Hoppla. Nicht so stürmisch.« Erklang eine warme und unbeschreiblich angenehme Männerstimme. Ich heftete für einen Moment die Augen auf den Boden, als ich aufsah, glotzte ich auf den dunklen Pullover eines Jungen, dessen Hände meine Ellenbogen hielten. Ich musste in ihn reingelaufen sein. Ein einziger Blick in sein Gesicht erzeugte einen Sturm in meinem Bauch. Blaue Augen.

»Alles klar bei dir?«, erkundigte er sich mit einem unverschämt süßen Lächeln. Seine Augen leuchteten, selbst im Dunkeln, in einem wunderschönen Blauton, hell und klar wie ein Gebirgsbach. Seine blonden Haare hingen ihm etwas in die Stirn und vervollkommnenden den Traumboy-Look.

Redet dieser Wahnsinnstyp etwa mit mir?

Ich sah mich kurz um und erkannte, dass es nur so sein konnte. Mein Versuch zu antworten, schlug fehl. Meiner Kehle entwischte nicht mehr als ein stummer Hauch. Ich versuchte es mit einem Nicken, doch auch das ging irgendwie bei meinem Starren unter.

»Du siehst müde aus. Kein Wunder nach der langen Reise.« Er sah an mir vorbei und fragte nach irgendeiner Zahl, dann legte er einen Arm um mich und führte mich fort von den anderen, wofür ich ihn am liebsten sofort umarmt hätte. Leider fehlte mir dazu der Mut. Und nicht nur dafür, auch für alles andere. Einmal den Blick von ihm abgewandt, konnte ich ihn nicht mehr ansehen. Er sah so umwerfend aus, dass ich glaubte, jeden Augenblick zu zerfließen. Seine Nähe ließ mein Herz flattern. Sein Geruch ging in mich über. Nach nur wenigen Schritten fühlte ich nur noch ihn, mit all meinen Sinnen.

Ich bekam nicht viel von dem Weg durch die Hüttenansammlung mit. Die Finsternis tauchte die gesamte Umgebung in Schatten und ließ mich frösteln. Vor einer der Hütten, die dicht zwischen Bäumen standen, blieb der Junge mit mir im Arm plötzlich stehen.

»Da wären wir. D7.« Mit seiner einzigen freien Hand öffnete er die Tür. Noch immer gebannt von seiner ganzen Präsenz, ließ ich mich hineinführen. Der hübsche Junge zog mich mitten im Raum in eine Umarmung. »Schön, dass du da bist, Magdalena.«

Beim Klang seiner warmen Stimme hüpfte mein Herz aufgeregt. Er sollte noch mehr sagen. Jetzt.

»Lena …«, war das Einzige, was ich erwidern konnte. Zum Glück hörte sich meine Stimme wieder gut an. Rein vom Klang her würden wir perfekt zusammenpassen.

»Du bist sicher erschöpft, Lena. Schlaf ein wenig. Wir sehen uns morgen.«

Er löste sich von mir und verschwand so schnell aus der Tür, dass ich keine Möglichkeit hatte, ihm ein letztes Mal in die Augen zu sehen. Mein Körper und mein Geist waren ohnehin zu nichts mehr imstande.

Ich ließ mich auf das nahegelegene Bett fallen und war eingeschlafen, ehe ich die Decke komplett über mich ziehen konnte.

Als ich das nächste Mal die Augen aufschlug, brauchte ich eine Weile, um mich zu orientieren. Viele unbekannte Gerüche strömten auf mich ein. Das Zimmer, in welchem ich aufwachte, war mir fremd, ebenso das Mädchen, das keine drei Schritte vom Bett entfernt auf einem Tisch am Fenster hockte und hinaussah.

Das Knurren meines Magens holte mich vollends aus dem Schlaf und katapultierte mich in die Wirklichkeit. Ich war also tatsächlich fort von zu Hause, fort von Tante Rita und Karl und dem Leben als Teenager in einer popeligen Kleinstadt. War das nun gut oder schlecht?

»Hast du gut geschlafen?« Die Stimme des Mädchens, das noch immer aus dem Fenster sah, kam mir eigenartig vertraut vor.

Ich setzte mich im Bett auf und drückte meinen Rücken durch, ich musste auf irgendetwas Komischem gelegen haben. Denn an einigen Stellen fühlte ich, wie meine Haut aufgerieben war. Vielleicht kam das aber auch von meinen Klamotten, immerhin hatte ich in Shirt und Hose geschlafen.

»Geschlafen ja. Gut wohl eher nicht«, gab ich ihr als Antwort und streckte meine Beine aus. Ich fühlte mich noch immer erschöpft von der langen Reise. Das Bett stellte sich, bei näherer Betrachtung, als nicht sonderlich komfortabel heraus. Es war kaum mehr als ein Feldbett, ein grob gehauener, hölzerner Rahmen beherbergte eine alte, fleckige Matratze. Bei jeder Bewegung quietschten rostige Federn.

»Du wirst dich dran gewöhnen. Es wird leichter.«

Ich betrachtete das Mädchen genauer. Sie kam anscheinend aus dem ostasiatischen Raum. Ihre Haare waren pechschwarz und hingen ihr in einem grob geflochtenen Zopf bis über den Hintern, die grünbraune, praktische Kleidung passte sehr gut zu ihrer dunklen Hautfarbe. Die Art, wie sie am Fenster hockte und hinaussah, erinnerte mich irgendwie an Tante Ritas alten Kater Purzel, der vor einigen Jahren bei einem ungleichen Kräftemessen mit dem Rasenmäher sein Leben gelassen hatte. Es war einer der schlimmsten Tage meines Lebens gewesen. Ich hatte den Kater nie gemocht und er mich ebenso wenig. Das hatte er mir auch oft deutlich gemacht. Keine meiner Klamotten war vor diesem krallenschwingendem Rowdy sicher gewesen. Selbst meine Schranktüren konnte er öffnen. Das Massaker, das Karl mit dem Rasenmäher im Garten angerichtet hatte, war unvorstellbar grausam gewesen. Der Kater hatte zwar nur die Hälfte seines Schwanzes verloren, doch den starken Blutverlust hatte der alte Opa nicht überstehen können, so musste er eingeschläfert werden. Tante Rita war wochenlang nicht ansprechbar gewesen. Es ging ihr und mir erst wieder besser, als wir uns einen neuen Kater zugelegt hatten, der allerdings von seinem ersten Streifzug durch die Nachbarschaft nie zurückgekommen war.

»Ich bin übrigens Rajani. Deine Hüttengenossin«, stellte sich das Mädchen vor und sah das erste Mal vom Fenster weg. Dunkelbraune, große Augen trafen meinen Blick. Sie wirkten warm und freundlich, ebenso wie der Rest ihres hübschen Gesichts. Ich mochte sie von Anfang an.

»Lena.«

»Freut mich, Lena. Wir werden uns sicher gut verstehen.«

»Kannst du mir vielleicht ... ein paar Fragen beantworten?«, wagte ich mich zögerlich voran. Bisher waren mir immer alle ausgewichen und hatten geheimniskrämerisch gewirkt, doch Rajani schien da anders zu sein. Sie lächelte und sprang behände vom Tisch herunter.

»Klar, was willst du wissen?«

»Wo ... sind wir hier?«

»Bulgarien, Rhodopen, irgendwo in einem Tal. Ich vermute, es ist ein Naturschutzgebiet. Genau weiß ich es auch nicht. Hab bei meiner Herfahrt geschlafen.«

»Ich meinte eigentlich, was *das* hier ist.« Ich deutete mit den Fingern um mich und hoffte, dass sie mich verstehen würde.

»Das ist Hütte D7, unser Schlafplatz. Meiner und deiner.«

»Nein, das Ganze hier. Was ist das für ein Ort, an dem wir sind?«

»Ach, du weißt es nicht? Sag das doch gleich! Das ist die AoS.« Als ich sie fragend ansah, sprach sie weiter. »Die Academy of Shapeshifters. Der Ort, an dem Wandler lernen, ihre Gestalt zu kontrollieren und ihre Kräfte zu schulen. Kurz AoS.«

»Danke!« Ich war so dankbar, dass mir endlich jemand etwas erklärte, dass ich ihr kurz um den Hals fiel. Rajani lachte und rieb mir den Rücken. Sie schien kein Problem mit der plötzlichen Nähe einer Fremden zu haben.

»Endlich weiß ich, wo ich bin. Ich dachte schon, die wollten mich entführen.«

»Du meinst Viktor und seine Handlanger. Ja, die sehen gruselig aus, wenn man sie nicht kennt.«

»Viktor ist der Große?«, schloss ich und erhielt dafür ein bestätigendes Nicken von Seiten Rajanis.

»Genau. Er ist oft nicht da und holt die Rekruten ab. Wenn er hier ist, ist er für unser Kampftraining zuständig.«

»Kampftraining?« Alleine bei dem Gedanken an Gewalt fühlte ich mich unwohl.

»Klar. Wir lernen hier nicht nur, wie wir uns dann verwandeln, wenn wir es wollen, um das Tier in uns nicht überhandnehmen zu lassen, sondern auch, wie wir die Fähigkeiten nutzen, die die Wandlung mit sich bringt. Schnelligkeit, geschärfte Sinne, all das.«

»Ich verstehe. Muss jeder an diesem Kampftraining teilnehmen?«

»Es ist kein richtiger Kampf, Lena, mehr eine Art Showkampf, in dafür vorgesehenen Arenen. Du musst einfach mitmachen. Je mehr mitmachen, desto mehr Chancen haben wir gegen die Aves.«

»Die was?«

Rajani schlug sich etwas übertrieben an die Stirn.

»Ach, das weißt du ja auch noch nicht. Also pass auf.« Sie griff am Hals in ihren Pullover und kramte eine Kette hervor. Sie war silbern, feingliedrig und - außer dem Amulett, das an ihm hing - auch sehr gewöhnlich. Der silberne Anhänger zeigte die Initialen der Akademie und war umringt von fünf Symbolen, die Tierabdrücke darstellten. Rajani drehte den Anhänger um und zeigte mir das Symbol einer Großkatze, in dessen offenem Maul ihr Name eingraviert war.

»Das Amulett zeigt, zu welchem Camp ich gehöre. Siehst du? Camp Ferae. Das sind wir hier. Du und ich und all die anderen, die du noch kennenlernen wirst. Wir gehören zu den Raubtieren und wir nennen uns Ferae.«

Ich nickte und hörte weiterhin gespannt zu.

»Auf der Vorderseite siehst du auch die anderen Camps. Die Aves, also die Vögel, leben hoch oben im Gebirge und kommen so gut wie nie herunter. Sie sind sehr schnell und, da sie fliegen können, fast unmöglich zu besiegen, selbst für uns Raubtiere. Dann gibt es noch die Repti, Reptilien, wie der Name schon sagt, sehr gefährlich. Solltest du einen Bogen drum machen. Weniger gefährlich, weil sie nur im Wasser sind, die Pisce und dann fehlen noch die Euun, Huftiere, oder auch Frischfleisch, wie wir immer sagen. Die gewinnen nie, aber das wollen sie auch nicht. Die sind vollkommen harmlos.«

»Das heißt, ich gehöre auch zu den Raubtieren? Das hätte ich nicht gedacht.« Ich versuchte, mich an die Verwandlung zu erinnern, als ich vor Nancy geflohen war. Doch es flackerten nur zusammenhangslose Bilder vor mir auf.

»Natürlich. Sonst wärst du nicht hier.« Rajani betrachtete mich von oben bis unten. »Ich würde sagen, du bist ein Luchs oder ein Berglöwe, deiner Haarfarbe nach zu urteilen.«

»Was bist du denn?«

»Rate!« Rajani drehte sich im Kreis und machte ein paar unverständliche Andeutungen. Ich dachte daran zurück, wie sie auf dem Tisch vor dem Fenster gehockt hatte.

»Eine Katze?«

»Nicht schlecht. Aber das war nicht schwer zu erraten. Du bist ja auch eine. Sie stecken immer gleiche Arten in eine Hütte. Rate weiter.«

»Hm, das ist schwer«, gab ich zu und versuchte mich an die verschiedenen Katzenarten zu erinnern, die ich als Kind spannend gefunden hatte. Zumindest solange, bis Purzel in mein Leben getreten war und meine Meinung von Katzen für immer verändert hatte. »Keine Ahnung, ein Jaguar?«

»Nein, viel zu groß und zu schwer. Guck nur, wie dünn ich bin.«

»Dann ein Gepard vielleicht?«

»Zu hässlich. Ich bin eine schöne Katze.«

Ich zuckte mit den Schultern.

»Ach was soll's. Da kommst du nie von alleine drauf. Ich bin ein Nebelparder.« Die Brust vor Stolz geschwellt zwinkerte sie mir zu.

»Ich habe keine Ahnung, was das ist«, gab ich zu und fühlte mich ein bisschen schlecht dabei.

»Nicht schlimm. So ergeht es allen, wenn ich davon erzähle. Ich bin ein sehr seltenes Exemplar hier im Camp. Außer mir gibt es keinen anderen Nebelparder.« Sie wirkte doch etwas traurig.

»Wer weiß, vielleicht bin ich ja auch einer.«

»Glaub ich nicht. Aber möglich wäre es. Stell dir nur mal vor, wir zwei, die schönsten Mädchen im Camp, die Jungs werden uns zu Füßen liegen.«

Augenblicklich erinnerte ich mich an den Jungen,

der mich den Abend zuvor ins Bett gebracht hatte und ich fühlte, wie sich etwas in meinem Bauch regte.

»Gibt es hier ... viele Jungs?«

»Ja, überwiegend sogar. Doppelt so viele wie Mädchen. Aber das ist nur eine Schätzung, ich habe nie gezählt.«

»Wie viele sind wir denn insgesamt?« Ich war verwundert, wie schnell ich dazu übergegangen war, mich dazu zu zählen. Dabei war ich noch nicht einmal richtig angekommen.

»Ich weiß es nicht, so an die fünfzig, schätze ich. Aber nicht alle sind Schüler, wir haben viele Lehrer und Wächter hier. Das Camp hat einen schlechten Ruf. In der Vergangenheit ist es wohl schon öfter vorgekommen, dass Mitglieder der Ferae ... tja wie soll ich es sagen ... die Kampfspiele etwas zu ernst genommen haben.«

»Was haben sie gemacht?« Ich wusste, dass ich die Antwort eigentlich gar nicht hören wollte.

»Ein paar Euun und Pisce wurden zur Beute und ... na ja den Rest kannst du dir sicher denken.«

Ich nickte schwach. Ja, ich konnte mir sogar bildlich vorstellen wie Löwen und Tiger auf Hirsche und Fische losgingen und sie jagten und zerfleischten, so wie man es immer in den Tiersendungen sah. Ob Rajani auch zu dieser Sorte Katze gehörte?

»Ich kann mir nicht vorstellen, dass ich hier richtig bin«, sagte ich, nachdem mein Gedankenspiel geendet hatte. »Ich bin keine Kämpferin und ich habe noch nie irgendjemandem etwas getan. Ich bin bestimmt im falschen Camp.«

»Glaube ich nicht. Viktor irrt sich nie. Er hat ein Gespür für sowas. Du bist hier richtig. Aber ganz sicher werden wir es erst wissen, wenn du dich dem Test unterzogen hast.«

»Test? Welchem Test?«

Rajani sah so aus, als müsse sie mir von meiner bevorstehenden Hinrichtung erzählen. Was nicht unbedingt dazu beitrug, mir Mut zu machen.

»Sie werden das Tier in dir wecken und dann werden wir es alle erfahren. Keine Sorge. Das müssen alle Rekruten durchmachen am Anfang.«

»Und wie wollen sie das machen?«

»Sie werden dich in Stress versetzen, damit ... es sich zeigt.«

»Stress?« Ich ahnte bereits, dass es keine schöne Erfahrung werden würde. Das letzte Mal war ich um mein Leben gerannt. Ob sie mich in eine ebenso schlimme Lage bringen würden?

»Was haben sie bei dir gemacht?«

»Ich ... erinnere mich kaum noch«, gestand Rajani und ich glaubte, etwas in ihren Augen aufblitzen zu sehen. Sie erinnerte sich. Doch sie wollte es mir nicht sagen.

»Macht nichts. Ich werde es ja sehen.« Das erste Mal seit Tagen lächelte ich. »Danke.«

»Wofür?« Rajani erwiderte mein Lächeln.

»Dass du da bist. Ich hätte mir keine bessere Hüttengenossin wünschen können.« Wir lachten. Die Anspannung bröckelte von mir ab, wie alter Lack. Dank Rajani hatte ich zumindest eine Ahnung davon, wo ich war und was noch alles auf mich zukommen würde.

Wir redeten noch eine ganze Weile. Rajani erklärte mir die Regeln des Camps; die Essenszeiten, Ruhezeiten und Trainingszeiten und ich versuchte, alles ohne Notizen zu behalten, was angesichts der Fülle an Informationen so gut wie unmöglich war.

Dann verließen wir die Hütte und begaben uns zur Lichtung, in der die Nacht zuvor alle um das Feuer gesessen hatten. Ich fühlte die Aufregung durch meinen Körper strömen, bei dem Gedanken daran, so vielen Fremden nahe sein zu müssen. Da mir Rajani alles haarklein erzählt hatte, hatten wir die Zeit vergessen und so war das Frühstück schon beendet, als wir eintrafen. Wir konnten gerade noch so ein paar Reste ergattern, bevor einer der Aufseher die Hütte zuschloss, aus der es verheißungsvoll duftete.

»Warum schließen sie ab?«

»Raubtiere sind immer hungrig«, erklärte Rajani grinsend und biss wenig damenhaft von ihrem Trockenfleisch ab.

»Aber wir sind doch Menschen ... haben unseren Verstand und Vernunft.«

»Lena, du darfst nicht vergessen, dass wir alle zu einem gewissen Teil zu den Tieren geworden sind, deren Blut wir in uns tragen. Wir sind keine Menschen. Wir sind Wandler. Auch du, so wenig du es dir vorstellen kannst, trägst das Blut eines Raubtiers in dir und auf kurz oder lang wird es sich zeigen. Das ist gar nichts Schlimmes.«

»Heißt das, ich werde wie ein Tier über Essen herfallen?«

»Nun vielleicht nicht ganz so extrem. Aber du wirst in Zukunft anders essen, anders schlafen und ... anders sein.«

»Ich will mich nicht verändern«, gab ich kleinlaut zu verstehen und dachte fieberhaft darüber nach, ob es eine Möglichkeit gab, das alles zu vergessen und zurück zu meiner Tante zu kommen. Rajani war wirklich nett und in ihrer Gegenwart fühlte ich mich erstaunlich wohl. Trotzdem waren die Aussichten für mein zukünftiges Leben wenig rosig.

»Kann man es irgendwie loswerden? Das Tier?«

Rajani runzelte die Stirn und wurde schlagartig ernst.

»Das würde ich dir nicht empfehlen. Es gab in der Vergangenheit ein paar Rekruten, die das versucht haben. Sie haben sich gegen das Tier in ihnen gewehrt und ...«

»Was? Was ist passiert?«

»Sie haben es dadurch noch viel schlimmer gemacht, Lena. Wir lernen hier, wie wir unser Schicksal annehmen, lernen zu akzeptieren und das Positive der Situation zu sehen. Das ist sehr wichtig, denn, falls du dich gegen das Tier entscheidest, wird es dich bald vollkommen beherrschen und von der menschlichen Lena wird nichts mehr übrig sein. Eines Tages wirst du dich einfach nicht mehr zurückverwandeln und bist dann nicht mehr als ein wildes Tier.«

Ich schluckte schwer. Diese Option entfiel dann also. War ja zu erwarten gewesen.

»Ich habe keine andere Wahl als hierzubleiben und es zu akzeptieren«, schloss ich daraus.

»So darfst du das nicht sehen, Lena. Es ist ein großes Geschenk, ein Wandler zu sein. Denk doch nur mal daran, wie viel Kraft du haben wirst. Übermenschliche Sinne, so wie die Götter. Es ist eine Gabe und nur ganz wenige auf der Welt haben sie.«

Es klang in meinen Ohren wie eine Bekehrung. Ich fühlte, wie ich sofort dichtmachte. Schon früher war ich nicht leicht zu überzeugen gewesen. Auch einige meiner Lehrer hatten ihre Schwierigkeiten dabei gehabt, mir etwas beizubringen. Offenbar versuchten die Lehrer im Camp, für Ruhe zu sorgen und erzählten ihren Schülern deswegen solch philosophisches Zeugs.

»Ich glaube nicht, dass es ein Geschenk ist.«

»Wart‘s ab. Noch bist du unsicher und weißt es nicht

besser. Aber stell dir nur mal vor, du wirst irgendwann selbst entscheiden können, wann du dich verwandelst. Welche Möglichkeiten sich dir bieten! Die Menschen werden dich alle beneiden. Du wirst Dinge sehen und fühlen, die du nur zu träumen gewagt hast.«

Ich erwiderte nichts mehr und sah sie von der Seite an, beobachtete, wie sie am Trockenfleisch herumkaute. Sie sah eigentlich ganz normal aus. Genauso wie ich, ein Mädchen, kurz vor dem Erwachsenwerden. Ich konnte mir einfach nicht vorstellen, dass sie sich in eine Raubkatze verwandeln konnte.

»Kannst du es kontrollieren?«, fragte ich sie.

»Noch nicht ganz. Viktor sagt zwar, dass ich große Fortschritte mache, aber ich bin noch lange nicht so weit.«

»Wie lange bist du schon hier?«

»Vier Monate etwa. Ich weiß es nicht genau. Die Zeit im Camp verläuft irgendwie anders als in der Zivilisation. Irgendwie langsamer und doch schneller.«

Ich hob skeptisch eine Augenbraue.

»Wo kommst du eigentlich her, Rajani? Der Name klingt irgendwie ostasiatisch.«

»Das stimmt. Ich komme aus Indien. Jaipur, um genau zu sein.«

»Ist das nicht eine der größten Städte Indiens?«

»Ja, das ist sie und furchtbar überfüllt.« Rajani grinste. »Da gehst du unter, wenn du nicht die Ellenbogen einsetzt. Ich habe am Tag meines sechzehnten Geburtstags erfahren, dass ich eine Wandlerin bin. Es war furchtbar, sag ich dir. Ich kann von Glück sagen, dass Viktor mich schnell gefunden hat.«

»Wie macht er das? Ich meine ... wie kann er pünktlich, auf den Tag genau, bei den neuen Rekruten sein?«

»Das soll mein Geheimnis bleiben.« Ich wirbelte beim Klang seiner tiefen Stimme herum. Viktor sah nun ein wenig anders aus. Den schwarzen Kampfanzug hatte er gegen khakifarbene Army-Klamotten eingetauscht. Um seinen kahlen Kopf lag eine Art Camouflage-Stirnband. Seine grünen Augen leuchteten entschlossen.

»Wie ich sehe, hast du bereits Anschluss gefunden.« Er nickte Rajani zu, die daraufhin keck das Kinn reckte. Offenbar standen sie sich näher, als ich und meine früheren Lehrer.

»Ja, sie hat mir schon einiges erzählt.«

»Hat sie dir auch von dem Test berichtet?«, erkundigte er sich.

Ich nickte zögerlich.

»Gut, das erspart mir Arbeit. Komm mit.«

Ohne Umschweife packte er meinen Arm und war diesmal weitaus weniger vorsichtig, als beim letzten Mal, als er mich entführt hatte.

»Was passiert jetzt?«, fragte ich mit zittriger Stimme, als er mich am erloschenen Lagerfeuer vorbei lotste.

»Wir sehen uns deine Tiergestalt an, Magdalena.«

»Nur Lena«, korrigierte ich ihn, woraufhin er verächtlich schnaubte.

»Ich entscheide, wie ich dich in Zukunft nenne.«

»Reize ihn lieber nicht, Lena. Sonst wird der Test eine Qual. Viktor wird schnell wütend.« Rajani lachte. Doch mir war nicht nach Lachen zumute. Dieser Hüne schleifte mich, gegen meinen Willen, durch das Camp zu einem komischen Test, den ich nicht machen wollte. Was konnte ich tun, um dem zu entkommen? Gab es überhaupt eine Möglichkeit, je wieder das Camp zu verlassen? Meine zwischenzeitliche Euphorie für diesen wunderlichen Ort wandelte sich innerhalb von Sekunden in Abscheu, als ich den großen Menschenauflauf erblickte, der im Kreis um eine Grube herumstand.

»Was habt ihr mit mir vor?«, rief ich Viktor zu, der mich, ohne zu zögern, durch die Menge schleifte, die sich vor ihm teilte. Kurz vor dem Rand der Grube blieb er stehen. Ich sah erschrocken in die Tiefe. Das Loch im Boden war deutlich größer, als erwartet. Es ging sicher drei, vier Meter nach unten, bevor der Stein zu Erde und Sand wurde. Die Grube war noch viel breiter, zehn Meter im Durchmesser, vielleicht fünfzehn und beinahe kreisrund. Ich musste kein Hellseher sein, um zu erkennen, wofür diese Grube da war. Es war eine Kampfarena.

»Viel Glück.«

Ohne ein Wort der Warnung warf Viktor mich in die Tiefe. Ich strampelte in der Luft und vergaß sogar zu kreischen. Nur staubige Erde fing meinen Sturz ab. Ich knickte beim Versuch mit den Füßen aufzukommen, zur Seite und landete auf meinen Knien. Ein Raunen ging durch die Menge. Ich hörte verächtliches Lachen. Mit zusammengebissenen Zähnen erhob ich mich, spuckte Sand aus und versuchte, den Schmerz zu ignorieren, der von meinem Knöchel über meine Knie, bis hinauf zu meinem Bauch zuckte. Ich war wütend über mich selbst. Jahrelanges Training in Leichtathletik hätte mich den Sturz automatisch abfangen lassen sollen. Ich war gut trainiert und kräftig genug. Wieso nur stellte ich mich an wie ein ungelenkiger Anfänger?

Leicht humpelnd stand ich auf und sah mich um. Erst jetzt bemerkte ich, dass in regelmäßigen Abständen Gänge von der Grube abgingen; Tunnel, die in die Dunkelheit führten und die teilweise mit Gittern versperrt waren. Ich hatte genug Filme gesehen, um zu wissen, dass das nichts Gutes bedeutete. Das war also der Plan. Viktor würde gleich irgendetwas Ekliges auf mich loslassen und zusehen, wie ich mich machte. Toller Test!

Ich sah an den Rändern der Grube hinauf. Der Stein sah nicht besonders griffig aus, doch im Notfall würde ich versuchen, an ihm hinaufzuklettern. Das war zumindest eine bessere Idee als sich von Spinnen und Schlangen beißen zu lassen. Oder was auch immer da gleich aus den Löchern kriechen würde.

Mein Blick ging noch höher, auch wenn ich es eigentlich nicht wollte. Ich betrachtete die Zuschauer. Nur wenige sahen zu mir herab und begegneten meinem Blick. Die meisten waren in Gespräche mit ihren Nachbarn vertieft, schwätzten und lachten. Offenbar war dieser Test nichts Aufregendes mehr in diesem Camp. Das beruhigte mich zumindest ein bisschen.

Den Blick im Kreis laufen lassend, fühlte ich mich plötzlich beobachtet. Ich erkannte auch wieso. Weil ich beobachtet wurde. Der Junge mit den schönen blauen Augen sah zu mir herab. Unsere Blicke verhakten sich ineinander und ich glaubte, ein Lächeln auf seinen Lippen zu erkennen. Augenblicklich wurde mir warm ums Herz und ich wusste, dass er nicht zulassen würde, dass mir jemand etwas antat. Gleichzeitig war mir klar, dass ich mein Bestes geben musste. Ich durfte nicht versagen. Nicht, wenn er zusah. Das wäre peinlicher als nackt beim Baden erwischt zu werden.

Plötzlich verstummten alle Gespräche und die Campbewohner sahen geschlossen zu mir hinab in die Grube - gespannt, erwartend. Ein tiefes Röhren aus einem der Tunnel ließ meinen Herzschlag für einen Moment aussetzen. Langsam drehte ich mich in die Richtung, aus der das Geräusch gekommen war. Ich spitzte die Ohren und spürte, wie sich automatisch der Rest meiner Sinne verstärkte. Ich vernahm ein Schlurfen - beinahe ein Wischen - leises Atmen, ein Knurren und dann sah ich das Aufblitzen von Augen in der Finsternis.

Aus einem der Tunnel stolzierte ein Wolf, größer als jeder Hund, zottelig und braun. Er fixierte mich und lief mit langen Schritten auf mich zu. Ich wich instinktiv zurück und fühlte schon bald die Umrandung der

Grube an meinem Rücken. Mein Puls beschleunigte, ebenso wie meine Atmung. Ich fühlte die Bedrohung, die von dem Tier ausging. Der Wolf war nicht in Eile, ganz im Gegenteil, er wahrte einen sicheren Abstand zu mir, lief seine Kreise und behielt Blickkontakt - immer. Aus einem der Tunnel links von mir drangen weitere unheilvolle Geräusche an mein Ohr. Sie waren dumpfer, lauter und tiefer. Es musste sich um ein weitaus größeres Tier halten. Ein einziger Blick nach links bestätigte meine Vermutung: Ein Bär.

Na großartig, als ob ein Wolf nicht schon genug wäre!

Doch auch er beobachtete mich nur, blieb einige Meter von mir entfernt stehen. Ich drückte mich mit aller Kraft gegen die Grubenwand, so sehr, dass Erde auf meinen Kopf rieselte. Ich versuchte zu verstehen, was hier lief. Was für eine Art Test sollte das sein? Wollten sie sehen, ob ich sie töten konnte? Sollte ich mich als Raubtier beweisen? Oder wollten sie uns kämpfen sehen? Sollte ich kreativ sein und sie überlisten?

Ich behielt Wolf und Bär im Auge, doch im Augenwinkel studierte ich den Rest der Arena, versuchte Entfernungen abzuschätzen und fühlte hinter meinem Rücken die Beschaffenheit des Steins.

Der Wolf zog seine Kreise vor mir mittlerweile immer enger und auch der Bär kam langsam näher. Sie hielten mich in der Ecke in Schach, ganz so als warteten sie auf irgendetwas.

War es das schon? War das der Test? Sollte ich zehn Minuten aushalten, ohne mir in die Hosen zu machen oder um Hilfe zu rufen? Oder passierte doch noch etwas?

Im nächsten Moment erklang ein ohrenbetäubendes Gebrüll. Ich zuckte erschrocken zusammen und auch Wolf und Bär schienen für einen Moment irritiert. Hitze schoss mir in den Kopf, meine Wangen glühten, Schweiß trat aus all meinen Poren, als ich einen riesigen Tiger aus dem mir gegenüberliegenden Tunnel hechten sah. Mit einem Satz durchquerte er die Grube und sprang mit offenem Maul und ausgefahrenen Krallen auf mich zu. Ich duckte mich und wurde unter einem Haufen Sand begraben, der von der Seite rieselte, als der Tiger gegen die Wand prallte. Ich entfernte mich mit zittrigen Schritten, lief am Rand der Arena entlang, dabei mehrfach stolpernd. Ich sah mich hastig um, ob nicht noch mehr Tiere aus den Tunneln kamen. Es schien so, als waren das die einzigen. Das reichte ja auch!

Die Zuschauer machten ab und an Geräusche. Wahrscheinlich gaben sie Wetten ab, welches der Tiere mich zuerst zerfleischen würde. Ich tippte auf den Tiger, obwohl alle drei gefährlich und vor allem hungrig aussahen.

Dann wieder war es so still, dass ich nur das starke Klopfen meines Herzens hören konnte, fühlte, wie viel zu viel Sauerstoff in meine Lungen strömte, und mein Körper zu kribbeln begann - überall. Ich wusste, was das bedeutete, es würde gleich passieren.

Ich würde mich verwandeln und damit wäre der Test vorbei. Ich brauchte nur darauf zu warten.

Während sich Tiger und Wolf im Hintergrund hielten und meine Schritte mit Argusaugen beobachteten, setzte sich der Bär in Bewegung und war schneller bei mir, als ich dachte. Schon baute er sich vor mir auf, schlug mit den großen Pranken nach mir und brüllte.

Tränen standen in meinen Augen. Ich war beinahe gelähmt vor Angst. Und doch verwandelte ich mich nicht. Müsste sich das komische Tier in mir, sofern es eines gab, nicht längst gezeigt haben?

Der Bär lief zwei Schritte auf den Hinterbeinen, bevor er seine Pranken nach unten donnerte und die Erde zum Beben brachte. Ich rollte mich beiseite und rannte vor ihm davon, immer noch leicht humpelnd.

Tier in mir, mach schon, zeig dich endlich und beende es!

Eine tiefsitzende Angst, die schon seit meinem Geburtstag immer wieder durch meinen Kopf zog, drängte sich in mein Bewusstsein. Ich war keine Wandlerin. Ich war hier falsch. Ich war nicht wie sie. Kein Raubtier, keine Katze, nicht mal eine Maus. Ich war ein Mensch. Ein ganz normales Mädchen mit gelegentlichem Gedächtnisverlust, das gerne rannte und sich im Wald aufhielt. Das war alles ein großes Missverständnis!

Der Bär setzte mir nach, stieß mit den riesigen Kiefern nach vorne, schnappte, knurrte und schlug nach mir. Doch ich wich all seinen Angriffen aus.

Ich werde mich nie verwandeln. Das bringt nichts!

Selbst in den Augen des Bären konnte ich sehen, dass auch er nicht wusste, was er tun sollte. Er sah mich irgendwann fragend an und hörte auf, mich anzugreifen. Der Tiger knurrte tief und schickte den Wolf mit einer Drehung des Kopfes in meine Richtung. Der braune Wolf näherte sich mir mit geradem Rücken und drohendem Blick. Er meinte es deutlich ernster, das konnte ich spüren und doch regte sich in mir nicht mehr als die normale Ängstlichkeit angesichts dieses ungleichen Katz und Maus-Spiels.

Zugegeben, ich hatte von Anfang an gewusst, dass es nur ein Test war, um meine tierische Gestalt hervorzulocken. Doch, dass es so lange dauern würde, machte mich immer nervöser. Mein Körper wurde müde und ich hatte keine Lust mehr auf diese komische Jagd.

Die Zuschauer rund um die Grube herum wurden immer unruhiger, je länger das Schauspiel andauerte und ab und an hörte ich sie Namen rufen. *Viktor* war der Name, den sie am meisten benutzten. Ich brauchte nicht lange zu rätseln, wer von diesen Wesen Viktor war. Der riesige Tiger hatte seine Augen und den gleichen entschlossenen Blick. Er strotzte nur so vor Kraft, wie seine Menschengestalt.

»Ich brauche eine Pause, Viktor«, rief ich, als ich das nächste Mal einer wölfischen Attacke auswich.

Daraufhin ging ein erstauntes Raunen durch die Menge der Zuschauer. Der Tiger fokussierte mich und rief den Wolf mit einem einzigen Blick zurück. Daraufhin näherte er sich mir mit majestätischen Schritten.

»Das bringt doch nichts! Ich werde mich nie verwandeln. Ich bin nicht wie ihr!«, rief ich, so laut ich konnte. Hinter mir erfühlte ich die Wand.

Viktor sah nicht so aus, als würde er sich auf ein Gespräch mit mir einlassen. Zielstrebig fixierte er mich, wie ein Jäger seine Beute, und lief dann los. Zuerst im Trab, doch plötzlich sprang er ab, machte einen riesigen Satz und war über mir, seine kräftigen Pranken drückten meine Arme zu Boden, während er mir ins Gesicht brüllte. Ich kniff die Lider zusammen und versuchte seinen fauligen Atem nicht einzuatmen. Seine Augen hatten eine derartige Wildheit angenommen, dass ich für einen Augenblick nicht mehr sicher war, ob er wirklich ein Wandler war.

Er muss einer sein. Alles andere wäre unlogisch.

Sein massiger Körper drückte mich zu Boden, die rohe Gewalt lag in jedem seiner Atemzüge. Ja, ich hatte Angst. Doch ich verwandelte mich trotzdem nicht. Wie auch? Ich bin nicht wie sie. Das alles war ein riesiger Fehler. Nur wie sollte ich ihm das klar machen?

»Viktor, hör zu!«, brüllte ich ihn an. »Das ist ein großes Missverständnis! Ich bin kein Wandler.«

Er brüllte so laut zurück, dass für einen Moment meine Ohren klingelten. Ich brauchte ein paar Sekunden, um wieder normal zu hören.

»Lena! Lass es zu, es ist okay!«, rief jemand von oberhalb. Ich sah hinauf in die Sonne. Rajanis Kopf hing am Rand der Grube, direkt über uns. Ich konnte ihr Gesicht im Gegenlicht nicht sehen. Ich erkannte sie nur an ihrer Stimme und dem langen Zopf, der neben ihrem Kopf baumelte.

»Ich kann nicht!«, antwortete ich ihr und wurde dafür erneut angebrüllt.

»Doch du kannst. Du musst. Sie werden nicht aufhören! Viktor ist wütend. Du willst doch nicht, dass er dir ernsthaft Schaden zufügt! In dem Zustand ist er unberechenbar.«

Der Kopf des Tigers schnellte plötzlich nach oben. Er fixierte Rajani und sprang ohne Vorwarnung ab.

»Nein!«, schrie ich ihm nach, doch Viktor war mit einem Satz aus der Grube heraus. Die Menge erschrak und stürzte davon. Ich hörte Rajani schreien.

»Nein! Lass sie in Ruhe!«, kreischte ich und sprang an der Wand empor. Meine Fingernägel kratzten über den brüchigen Stein und fanden keinen Halt. Ich riss immer größere Brocken ab, die mit mir zusammen zu Boden gingen. Ich versuchte es erneut. Doch es half nichts. Rajani schrie wie am Spieß. Ich musste ihr helfen!

Ich mobilisierte all meine Kräfte, nahm Anlauf und sprang ab. In dem Moment wurde ich beiseite geschleudert. Der Wolf stürzte sich auf mich mit gefletschten Zähnen. Ich stand auf und erhob die Hände, um zu beschwichtigen. Doch der Wolf drängte mich von Rajani fort in einen anderen Teil der Grube. Ebenso wie der Bär.

»Nein. Ihr versteht das nicht. Ich muss ihr helfen!«, schrie ich verzweifelt. Tränen schossen mir in die Augen, als ich Rajanis angsterfüllte Schreie vernahm. Sie war in Gefahr. Viktor würde sie töten. Ich musste zu ihr, egal wie.

»Lasst mich durch«, warnte ich, erhob mich zu voller Größe und fixierte zornig meine beiden Gegner. Ich war mir ziemlich sicher, dass ich in ihren Augen nicht mehr als ein schwacher Mensch war. Doch das war mir egal. Rajani brauchte meine Hilfe. Alles andere war unwichtig.

Ich duckte mich unter dem nächsten Angriff des Wolfs hinweg, rollte beiseite, stand auf und rannte auf die Wand zu. Mit aller Kraft, die ich aufbringen konnte, sprang ich brüllend empor, meine Finger kratzten über den rutschigen Stein und fanden endlich Halt. Mit spitzen Krallen gruben sich meine Fingernägel in die Fugen des Steins. Meine Hände verformten sich zu dunklen Pfoten und ich fühlte, wie meine Knochen brachen und sich neu ordneten. Ich zog mich mit aller Kraft an der Grubenwand empor. Meine Hände waren mit schwarzem Fell bedeckt, als ich endlich oben ankam und herauskletterte.

Ich wollte Viktor anbrüllen, Rajani loszulassen, er lag drohend über ihr, doch aus meiner Kehle kam nur ein seltsamer Laut. Ich hechtete auf sie zu. Viel schneller als erwartet, war ich dort und stürzte mich auf den Tiger, der meinen Angriff mit einem Tatzenschlag abwehrte. Dabei stieg er von Rajani herab. Sofort eilte ich zu ihr und stellte mich schützend vor sie, versuchte, den Tiger mit Schreien zu verscheuchen, doch das Krächzen aus meiner Kehle klang nicht sehr furchteinflößend. Der Tiger schien plötzlich kein Interesse mehr daran zu haben, Rajani zu töten. Er sah mich nur an und stand dann vor meinen Augen auf. Er schüttelte die tierische Gestalt ab, wie Schnee an einem Wintertag und ich fühlte mich gleichzeitig schwindelig. Meine Sicht verzerrte sich und ich taumelte. Viktor kam auf mich zu, sein Kopf wurde plötzlich ganz riesig. Er lächelte überlegen. Aus seinem Mund drangen Worte, doch ich konnte sie nicht deuten. Immer wieder fielen meine Augen zu und bald darauf sank ich nieder.

Als ich erwachte, fühlte ich mich wie nach einem dreistündigen Ausdauertraining. Ich lag auf einer Liege in einer Hütte, neben mir eine unversehrte Rajani, die sehr besorgt aussah.

»Hey, geht es dir gut?«, fragte ich sie und erhielt dafür ein wildes Kopfnicken.

»Ja, wie kommst du denn darauf?! Du bist doch ohnmächtig geworden.«

»Viktor ... er hatte dich in seinen Fängen. Du hast geschrien. Ich dachte ...«

»Ach das. Ja, weißt du ...« Rajani mied meinen Blick.

»Ich bin drauf reingefallen, stimmt‘s?« Ich musste lächeln. Eigentlich hätte ich es wissen müssen.

Rajani sah betroffen auf ihre Hände.

»Ihr habt das inszeniert, damit ich meine Tiergestalt zeige«, gab ich erschöpft von mir.

»Nun ja ... der normale Test hat nicht funktioniert und so mussten wir improvisieren«, erklärte Rajani achselzuckend.

»Also hat er dir gar nicht weh getan. Du hast das alles gespielt.«

»Der erste Schrei war ehrlich. Ich habe mich wirklich erschrocken, weiß ich doch, dass Viktor schon einmal einen Schüler ... nicht so wichtig. Auf jeden Fall hat er mir klar gemacht, dass ich mitspielen soll und ... nun ja, es hat funktioniert und das Tier in dir hat sich endlich gezeigt. Auch wenn es das falsche war, bin ich froh darüber, dass wir zwei uns kennengelernt haben.«

»Das falsche? Gibt es denn ein richtig und falsch bei Wandlern? Ich dachte, wir gehören alle zum gleichen Camp?«

»Das stimmt auch so, nur ...« Rajani suchte den Blickkontakt zu Viktor, der in ein angeregtes Gespräch mit einigen seiner Männer verwickelt war und uns den Rücken zukehrte.

»Wo ist das Problem?«, fragte ich unwirsch.

»Du bist eine Can«, zischte Rajani, so leise sie konnte.

»Was ist das denn schon wieder?« So langsam hatte ich die Schnauze voll von diesem Camp und seinen Regeln. Seit ich angekommen war, gab es nur Probleme und ständig neue komisch klingende Begriffe.

»Du bist eine Caniformia - deine Tiergestalt ist ein Fuchs. Du bist ein Hund, oder besser gesagt, gehörst du zu der Familie der Hundeartigen.«

»Und?« Ich mochte Füchse schon immer.

»Ich bin eine Feliformia, eine Katzenartige. Wie du

dir sicher denken kannst, verstehen sich auch bei uns Hunde und Katzen nicht besonders gut.«

»Sie hassen sich, um genau zu sein«, mischte sich ein Mädchen in unser Gespräch ein, das sich so leise angepirscht hatte, dass ich es nicht bemerkt hatte.

Rajanis Kopf schnellte herum. Für einen Moment glaubte ich, große dunkle Flecken auf ihrer Haut erscheinen zu sehen.

»Zofia, könntest du einfach gehen?!« Die plötzliche Ablehnung in Rajanis Stimme war neu.

»Ist ja schon gut. Ich will eure wichtigen *Gespräche* nicht stören.« Sie sah mich noch einmal durchdringend an und ich glaubte kurz, mich an ihre Augen erinnern zu können, bevor sie sich zu Viktor gesellte, der noch immer diskutierte.

»Siehst du, das meine ich.« Rajani knurrte beinahe.

»Sie ist also keine Katze.«

»Nein. Sie ist die Schlimmste der Can.«

»Was ist ihre Form?«

»Ein Wolf.«

»Sie ist der braune Wolf in der Grube gewesen«, erinnerte ich mich plötzlich.

»Ja, das war sie.«

Ich war erstaunt darüber, wie ähnlich sich Menschen- und Tierformen waren. Und auch ein wenig stolz, dass ich dazu gehörte.

»Okay, es gibt also Hunde und Katzen im Lager.

Die mögen sich nicht besonders. Verstanden. Doch das muss nicht für mich und dich gelten.«

»Das ist es ja gerade, Lena. Man wird uns trennen, jetzt wo sie wissen, dass du eine Can bist. Wir werden uns nur noch beim Essen und den Spielen sehen und irgendwann werden wir uns hassen.« Sie drückte eine Träne aus den Augen.

»Aber warum denn das? Wir verstehen uns gut. Kann man da nicht eine Ausnahme machen?«

»Nein.« Rajani schüttelte den Kopf. Sie sah ernstlich betroffen aus, beinahe schon verzweifelt. Einerseits ehrte es mich, dass sie mich scheinbar ebenso ins Herz geschlossen hatte, wie ich sie. Andererseits war ich wütend. Sie war den Lehrern und ihren Regeln geradezu hörig und dachte nicht einmal darüber nach, diese infrage zu stellen.

»Ich bin also ein Fuchs.« Ich mochte Füchse schon immer. Sie sind wunderschöne Tiere, scheu und klug und leben im Wald. Ich konnte mir zwar immer noch nicht vorstellen, dass ich wirklich die Fähigkeit besitzen sollte, mich in einen Fuchs verwandeln zu können. Doch die Gewissheit, dass es ein solch schönes Tier war, stimmte mich zufrieden.

»Ja, und was für einer. Es hat eine ganze Weile gedauert, ehe er sich gezeigt hat. Länger als gewöhnlich.« Rajani legte sich behutsam den zerzausten Zopf über die linke Schulter. Für einen Moment beneidete ich sie um ihre Haarlänge.

»Sind Füchse nicht irgendwie auch Katzen?«

»Ja, irgendwie schon.« Rajanis Blick hellte sich auf. Offenbar sah sie doch noch Hoffnung, dass wir zusammenbleiben konnten. Ihr Lächeln steckte an. »Übrigens danke, du hast immerhin versucht, mich zu retten. Nur deswegen hat sich der Fuchs in dir gezeigt. Das hat bisher noch niemand hier für mich getan. Ich meine ... sich für mich in den Kampf gestürzt. Nicht mal meine frühere Mitbewohnerin und die war eine Fel.«

»Gern geschehen.« Ich stand langsam vom Bett auf. »Aber das nächste Mal musst du wirklich in Not sein. Sonst rette ich dich nie wieder.«

»Verstanden.« Wir grinsten uns an. Doch die Freude wurde gleich wieder erstickt, als Viktor zu uns kam. Sein Gesicht verriet, dass es um eine ernste Angelegenheit ging.

»Willkommen in Camp Ferae, Magdalena«, grüßte er mich und ich versuchte, angesichts meines Namens nicht mit den Augen zu rollen. Hinter Viktor trat das Wolfsmädchen hervor und ich spürte sofort die Anspannung, die zwischen ihr und Rajani herrschte. Sie konnten sich wirklich nicht ausstehen. Bei einem Blick in ihr Gesicht erkannte ich auch, wer daran schuld war, definitiv nicht Rajani. Doch Viktor zog das Mädchen an seine Seite, als wäre sie das liebste Wesen der Welt.

»Das ist Zofia, Magdalena, ab heute wirst du in ihre Hütte ziehen. Meine Männer holen bereits deine Sachen.«

»Was? Nein!«, empört sah ich zwischen ihm und Rajani hin und her. »Ich wohne doch bei Rajani. Wir verstehen und super. Ich möchte bei ihr bleiben.«

»Eine Fel und eine Can? Nein, das Risiko gehen wir hier nicht ein.«

»Kannst du nicht eine Ausnahme machen?«

»Nein. Regeln sind Regeln.« Viktor machte ein ziemlich teilnahmsloses Gesicht. Es interessierte ihn überhaupt nicht, was ich wollte.

»Bitte, Viktor. Ich habe Lena wirklich gerne und wir verstehen uns gut. Es wird nichts passieren«, bettelte Rajani und sah ihn mit ihren großen braunen Augen an. Der Ausdruck in seinem Gesicht änderte sich ein wenig. Ich hatte sogar kurzzeitig das Gefühl, dass er darüber nachdachte.

»Du weißt, dass wir keine Ausnahmen machen, Raja.«

Mein Blick huschte zu dem Wolfsmädchen, das mittlerweile mich finster anfunkelte. Was war ihr Problem?

»Aber können wir es nicht versuchen?« Rajani hatte die Hände vor ihrer Brust gefaltet. Es fehlte nur noch, dass sie sich vor ihm auf den Boden warf.

»Ich werde das Risiko nicht eingehen, zwei Rekruten zu verlieren.«

Viktor war stur und ich war mir sicher, so würden wir nicht weiterkommen. Stattdessen besah ich mir Zofia und ihre starke Abneigung, die nun mich zu treffen schien. Und mir kam eine, wenngleich riskante, Idee.

»Also gut«, unterbrach ich sie und nickte Viktor zu. »Ich werde mit einer Can eine Hütte teilen.«

»Lena, was sagst du denn da?«, flüsterte Rajani, was trotzdem jeder hören konnte.

»Ich akzeptiere seine Regeln«, antwortete ich ihr mit einem Blick, der besagte: Vertrau mir. Dann sah ich zurück in das Gesicht des Kampftrainers. »Aber ich werde nicht mit Zofia ein Zimmer teilen.«

»Was?«, zischte Rajani. Offenbar hatte sie mich nicht verstanden. Das war etwas, woran wir arbeiten sollten.

»Sie und ich - das ist keine gute Idee. Ich kann sie nicht leiden und sie mich noch viel weniger«, wagte ich mich voran und bemerkte sogar, wie einer von Zofias Mundwinkel zuckte. Sie schien ganz meiner Meinung zu sein. »Ist das etwa eine bessere Idee, zwei der gleichen Art, die sich am liebsten an die Kehle gehen würden, in eine Hütte zu stecken?«

Ich wusste, dass ich mich gefährlich weit vorgewagt hatte und wäre auch nicht überrascht, von Viktor angebrüllt oder geschlagen zu werden für meine frechen Worte. Erstaunlicherweise schien er nun ernsthaft darüber nachzudenken. Er sah abwechselnd Zofia, Rajani und mich an und seufzte dann.

»Ich weiß zwar nicht woher diese plötzliche Abneigung kommt, aber ich kann sie sehen. Und da wir kein weiteres freies Bett haben, außer das von Rajani, werdet ihr vorübergehend zusammenwohnen müssen, wenn Magdalena nicht auf dem kalten Waldboden schlafen will. Wenn Zofia auch damit einverstanden ist, bleibt ihr beide zusammen in D7, bis eine von euch tot ist oder wir eine andere Lösung gefunden haben.«

Vielen Dank auch für das Vertrauen!

»Viktor, ich danke dir!« Rajani warf sich ihm an den Hals und ich überlegte kurz, ob ich es ihr gleichtun sollte. Ich wollte schon ansetzen ihn zu berühren, da traf mich sein warnender Blick.

»Danke«, sagte ich stattdessen und nickte ihm zu. Das musste vorerst genügen.

Hinter Viktor, im Halbschatten, stand noch immer Zofia. Ihr Gesichtsausdruck hatte sich verändert. In ihm las ich nun Arroganz und Herausforderung. Offenbar hatte ich mit meiner Vermutung richtig gelegen; sie konnte mich nicht ausstehen. Ich sah mir im Gegensatz dazu Rajani an, die mich anstrahlte, als hätte sie soeben zwanzig Geschenke unter dem Weihnachtsbaum entdeckt. Ich staunte, wie schnell ich eine neue Freundin und eine Feindin gefunden hatte. Ich war gerade mal einen Tag lang hier.

Ich grinste Rajani an und geriet mit ihr ins Schwärmen, während Viktor sich wieder seinen Aufgaben widmete. Das Wolfsmädchen war ebenso schnell und lautlos verschwunden, wie es gekommen war.

»Ich kann es immer noch nicht glauben, dass wir zusammenbleiben dürfen«, jauchzte Rajani und hakte sich bei mir ein. Wir sprangen kurz wie Siebenjährige im Kreis, dann besannen wir uns wieder unseres Alters und kicherten nur noch.

»Ich bin so froh, dass es geklappt hat.«

»Ich auch, Lena. Das wird sooo toll. Du und ich. Wir können nächtelang wach liegen, heimlich trainieren und über die Can ablästern. Oh, hoppla.«

Ich grinste sie an.

»Schon gut. Ich werde dir und deinen Katzenfreunden genug Stoff zum Reden bringen.«

»Na, das hoffe ich doch. Du bist ab sofort offiziell der Maulwurf, der Feind im eigenen Lager. Oh, das wird so aufregend!«

Rajanis Augen leuchteten vor Glück und ich konnte einfach nicht anders, als mich mit ihr zu freuen, obwohl ich in Gedanken noch immer daheim war; bei Tante Rita und Karl und der Schule.

Ich war nicht traurig darüber, Nancy und die anderen nie wiedersehen zu können. Ganz im Gegenteil. Nur befürchtete ich schon jetzt, dass Zofia eine wirklich gute Nancy 2.0 abgeben würde, und freute mich nur bedingt auf mein Aufeinandertreffen mit den anderen Can.

»Komm, der Tag hat gerade erst angefangen. Es gibt noch so viel zu sehen!« Rajani zog mich mit sich aus der Hütte.

Wir traten nach draußen, wo uns die Sonne begrüßte, die sich durch die dichten Baumkronen zur Lichtung kämpfte. Doch sie war nicht die einzige Überraschung, die uns erwartete.

Der blonde Junge mit den blauen Augen wartete vor der Hütte und neigte lächelnd den Kopf, als er mich kommen sah. Er strahlte eine unglaubliche Anziehungskraft aus. Ich war unfähig zu denken. Plötzlich stand ich vor ihm und ließ mich in seine Arme ziehen.

»Glückwunsch zum bestandenen Test. Das war beeindruckend«, raunte er in mein Ohr, kurz bevor er mich losließ und nur noch an den Schultern hielt. »Du kannst stolz auf dich sein, Lena, du bist nun ein Mitglied der Ferae.«

»Danke«, war das einzige, was mir einfiel, neben einem dümmlichen Lächeln.

Der Junge lächelte zurück und ich fühlte sogleich, wie meine Knie weich wurden. Die Röte stieg mir ins Gesicht, was er zu bemerken schien, denn ich glaubte, den Anflug eines frechen Augenblitzens zu sehen.

»Ich bin Janis«, beantwortete er eine von vielen Fragen, neben: Wieso siehst du so perfekt aus? Wieso riechst du so gut? Wie viele Kinder wollen wir haben?

Janis Hände glitten höher, strichen über meine Schultern, den Hals hinauf, zu meinem Kopf, den er behutsam festhielt. Seine Daumen lagen auf meinen heißen Wangen. In seinen Augen entdeckte ich Zuneigung, beinahe schon Vertrauen, als sich sein Gesicht mit erschreckender Zielgenauigkeit näherte. Kurz bevor wir uns berührten, schlossen sich seine Lider. Dann fühlte ich ihn.

Seine Stirn lag auf meiner, rieb ganz sanft von links nach rechts. Sein wunderschöner, schmaler Mund öffnete sich und formte Worte, die in mir einen Sturm aus Schmetterlingen erzeugten.

»Du gehörst zu mir, Lena.«

Fortsetzung folgt …

Fan werden und keine Episode verpassen!

www.facebook.com/amberauburn.autorin
Mail: amber.auburn@gmx.de

Und so geht es weiter:

Episode 2 - Wolfspack

Wird es Lena gelingen ihren Platz im Camp zu finden?
Wird sie die Freundschaft mit Rajani aufrecht erhalten können, obwohl sie zu den Can gehört?
Und was hat es mit Janis, dem Jungen mit den strahlend blauen Augen, auf sich?

Das alles und noch mehr erfährst du in der nächsten Episode der Academy of Shapeshifters-Serie.

Amber Auburn
WOLFSPACK
ACADEMY OF
SHAPESHIFTERS
EPISODE 2

Empfehlung:

Phönixakademie

Funke 1 - Der schwarze Phönix

von I. Reen Bow

Robin trägt den Tod in ihrem Blut, denn sie ist ein schwarzer Phönix. Menschen haben Angst vor dem Sterben und somit fürchten sie auch das Mädchen, das ihr Leben lang schon auf der Flucht ist. Sesshaft zu werden, bedeutet für sie, ihre Freiheit zu verlieren und ihrer düsteren Magie nachzugeben. Nicht alle meiden sie – es gibt Personen, die sie jagen und mit aller Gewalt brechen wollen, um ihre Magie zu nutzen. Dennoch stellt sie sich ihren Ängsten und geht zur Phönixakademie. Für sie ist das der einzig sichere Ort, denn die gewaltige fliegende Magieschule ist in ständiger Bewegung und wird gut beschützt.

Doch was wird der Preis für ihren Aufenthalt sein, den sie zahlen muss? Ihre Freiheit?

ISBN-13: 978-1530248612

I. Reen
Bow
PHÖNIX
AKADEMIE
Funke 1
der schwarze
phönix

11823295R00049

Printed in Germany
by Amazon Distribution
GmbH, Leipzig